後山地圖

何英傑 著

太魯閣戰役98週年紀念出版

行政院新聞局九十五年度優良電影劇本

【劇情大綱】

　　一群登山社的大學生，到花蓮尋找跨越中央山脈的清朝古道，意外遇見了一位熟知舊事的老婦依娜。而學生的一張舊地圖，也讓她感到意外。

　　往事如潮浪湧回。

　　那是昭和六年（1931年）的事，依娜才十八歲。某日她在派出所內受窘，巧遇井上替她解了圍。井上是新到任的老師，負責當地公學校的課程。教學之餘，他也從事自然與民俗的研究。部落的起居雖然簡陋，卻讓厭惡戰爭的井上有著人間清靜地的感受。而這段期間，依娜幾度的協助與關心，有如春雨輕雷，井上漸萌情意。

　　依娜的青梅竹馬達哈，是族中出了名的勇士，父親博庫斯死於多年前偷襲太魯閣的一場行動。他向來敵視日本人，有一次更險些與派出所長石崎爆起衝突，幸而頭目出面而化解。他對井上本來不假顏色，但經歷幾次事件後，兩人遂成朋友。然而，達哈始終拒絕日本式的文明與生活。井上則認為，拒絕文明，只會使文明中最壞的部分侵入族人未來。兩人雖交好，但各有堅持。

　　依娜對井上也有好感。他不像一般巡查盛氣凌人，而且他對這個世界的理解，讓她有種甦醒的感覺。此外，她對外界感到好奇、對井上的愛慕覺得感動。這點點滴滴變成一種吸引力。她不自覺地在心裡挪了一個角落，讓這種想像偷偷地長。

　　部落中的烏朗長老看在眼裡，不欲見此發展，便對依娜如實道出了當年偷擊太魯閣的憾事。當年他與頭目不聽博庫斯之諫，引來滔天大禍，而其後太魯閣也在日本凌厲的攻擊下幾遭滅族。

　　原來，大正三年（1914年），日本總督佐久間率軍親征，四路進兵。太魯閣的大頭目瓦拉比衡量局勢後，舉族對抗。奇萊山一時烽火連天。平岡與荻野少將血洗巴托蘭、大破卡拉寶。頭目努也納與西巴瓦旦則火燒倉庫地、力奪砲陣地。部分族人奉命向被迫歸降的外太魯閣投奔而去。

兩方最後會戰於西拉歐卡。太魯閣人捨命阻斷日軍橫渡立霧溪,但他們的世仇托洛克人正躲在暗處埋伏……。

最後,長老更透露了一段天大的秘密,事關總督佐久間受傷之謎。依娜簡直不能相信,族裡曾捲入如此險惡的戰爭,更想不到族裡與日本之間,竟埋藏了這樣大的血恨。

秋收之後,小米飄香,一年一度的祭典到了。時值霧社事變,後山風聲鶴唳,頭目決定讓所長等人參與祭典,以消除日人疑慮。盛大進行的典禮中,族人虔誠的敬謝祖靈。此時,井上向依娜暗表情意,依娜因而感到紛亂。祭典之後,依娜回到達哈的身邊。兩人長久以來相依的感情,讓她撇開了矛盾。井上覺得苦悶,他決定回到單純一個人的生活,然而這已難回頭。

一日井上接到任務,要隨測量隊入山。臨行夜,井上來見依娜。「等我回來。」清晨,他在月桃蓆畔留下一張地圖,畫著他每一天行進的位置。幾天之後總督府急電,測量隊受困風雨,諭令石崎所長找人接應。頭目因久受日人欺壓,推辭風雨難行。依娜哭請達哈協助。達哈一行入山,奮力救出測量隊脫險,井上卻失蹤了……。

二十年後,日本戰敗歸去,達哈繼任為頭目。小村依舊,但外界已有巨大的變化。族人巴厚魯為生活所困,在伐木場中工作,卻因過度勞累而軋斷了手臂。達哈自責不已,心情沮喪。這時適逢井上的母親來信,達哈也憶起往日與井上的爭辯。幾經思索,達哈拿定了主意,勇敢的帶領全族走向未來。

依娜的一生,因為達哈與井上而經歷了人間最真摯的感情。而從這些學生的身上,依娜彷彿又看見了他們兩人的身影。生命的光陰已如深秋裡的靜夜,一切蕩著水溶溶的空明……。

【人物介紹】

年代	族	主要人物	簡介
民國 77 年（1988）		領隊	20 多歲，大學生，為尋找一條清朝修建的古道而組隊登山。
		司機	40 多歲，操閩南語，在花蓮開卡車載運石礦。
		大學生	均為 20 歲上下的登山社隊員。
昭和 6 年（1931）	某部落	依娜	18 歲，為串接故事的人物。達哈的青梅竹馬，後結為夫妻。兩人都是族內第一批從小接受日本教育的新生代。她天性聰慧，通曉族中習俗，也不排斥外界的新事物。她協助井上勸學和慣習研究，與他發展出一段情。
		達哈	24 歲，博庫斯之子，年輕時為矯健的獵人。他衝動氣盛，又負家仇，屢屢與日警起衝突，被列為難馴的不良份子。後與井上逐漸建立友誼。繼任頭目之後，日人去，漢人來，整個部落面臨了何去何從的難題。他其後的作為，左右了全族未來發展的命運。
		瑪卡	20 多歲，達哈從小的搭檔。
		巴厚魯	20 多歲，擅長捕魚。後來為生活所迫，從事伐木工作。
		頭目	50 多歲。當年一念決定偷襲太魯閣，但整個部落卻險遭絕滅。後與烏朗長老策劃了復仇行動，潛入硝煙蔽天的太魯閣。得手之後，為求休養生息，態度轉為隱忍持重。
		烏朗長老	40 多歲。當年力主毀盟背誓，偷襲太魯閣，以換取日本的糧彈補給，遂招致大禍。其後一改對戰鬥的態度，委曲求存，全力迴護族人第二代的長成。
		拉諾	50 多歲，篤信農事禁忌的族人。
	日本	井上	22 歲，公學校的青年教師。他厭惡戰爭，嚮往知識的追求，也對文明衝突時所造成的殺戮感到寒心。部落與世無爭的生活型態，讓他有了鄉愁似的歸屬感。他對依娜漸由好感而滋生愛慕。而他對文明發展的看法，日後影響了達哈。
		校長	50 多歲，由大阪調任而來，主持校務。其子徵入關東軍後，將妻子接來台灣，視井上如子。
		石崎	派出所所長，長年於軍警系統中任職，篤信武士精神，後死於太平洋戰爭中。
		岩佐	派出所巡查，與達哈有隙，後遭報復。
大正 3 年（1914）	太魯閣族	瓦拉比	內太魯閣頭目。當時太魯閣有近百部落，分為「內太魯閣」與「外太魯閣」，南邊又與同源的「巴托蘭」相鄰。三部各有大頭目，雖不相屬，但他以年長孚望，能居中處事，被譽為諸部之首。他調撥眾頭目拒守山林，浴血死戰。

		哈洛庫	外太魯閣頭目。他所居部落離立霧溪出海口不遠,扼守入谷的山隘,素與瓦拉比交好。日軍大舉來犯後,他迫於形勢主和,接受招安。他於太魯閣戰後次年罹難。
		西巴瓦旦	托博閣社頭目,早年曾劫殺日本陸軍大尉一行,使日軍前後近二十年不敢輕進太魯閣。兩軍交戰之中,他火燒糧倉,力阻日軍橫渡立霧溪。後於森林中落入托洛克人之手。
		雅卡隆	西巴瓦旦手下。
		歐都	西巴瓦旦手下。
		格桑	古白楊社頭目,長於射箭,後來奉命帶領族人遷避至哈洛庫處。
		撒提	沙卡亨社頭目,奉命戍守塔比多。
		努也納	卡拉寶社頭目。他利用風雨,計誘室島少尉。奇襲成功後,一舉摧毀了砲陣地。
		希歷尤斯	努也納手下。
		阿桑泰里	努也納手下。
大正3年 (1914)	托洛克某部落	拉夫朗	托洛克人的頭目。與太魯閣夙有舊怨,後與塔烏查人一同接受徵召。日軍將其組為「蕃人隊」,作為行軍之先鋒。
		博庫斯	約30歲。他力主結盟太魯閣族,反對偷襲。可惜意見未被頭目採納。然而基於弟兄情誼,他仍參與行動。後變起肘腋,他為搭救烏朗而不幸犧牲。
	日本	佐久間	70歲,日本治台時第五任總督,號為「理蕃總督」,沉穩老練。當時平地漢人已經弭平,他決定一改懷柔,以鐵腕手段,將全台的隘勇線向內山同步逼進,將山區部落團團圍堵。任內動用二萬人的優勢兵力進剿太魯閣,後墜崖受傷。
		平岡	約50歲,陸軍少將,對軍國信念堅定不移。他率軍由奇萊山向東進討,合塔烏查人之力,血洗巴托蘭社。
		荻野	約50歲,陸軍少將,處事沉著,手段上與平岡相左。他率軍由合歡山向東進討,攻擊內太魯閣各社,與瓦拉比正面交鋒。
		副官	30多歲,荻野部隊的作戰官。
		梶村	30多歲,荻野部隊的經理官。
		稻垣	60多歲,佐久間的隨軍軍醫。
		室島	20多歲,砲隊少尉。砲隊居高臨下,摧毀了卡拉寶部落,後死於瓦拉比之手。
		永田	40多歲,花蓮港廳警察隊的隊長。於太魯閣戰役發起前一年,與平岡合謀,唆使烏朗偷襲太魯閣,破了兩族之盟,同時除去大軍後勤之患。
民國40年 (1951)		工頭	約40歲,漢人,伐木工人的領班,於林田山林場砍伐針葉木。
		胖工人	約30歲,南澳原住民,棄農成為伐木工人。
		托布	約20歲,太魯閣遺族之後,伐木工人。

【序場 A】

景：花東縱谷　時：民國 77 年黃昏　人：司機、領隊、大學生

△ 山路轉角處的柏油路面上，幾隻麻雀在啄著掉落的穗芽。路面往前延伸，筆直的向
　 遙遠的山谷中舒展。山稜上有幾棵樹，在餘暉中立著剪影。
△ （震動的車聲，由小而大）麻雀全拍飛上枝頭。
△ 轉角處的凸面鏡裡，映出一輛大卡車，鏡面裡的車影飄游而去。
△ 車後載了許多大理石塊，上面挨著三個大學生，都穿著風衣拉高了衣領（車聲中混
　 著歌聲）。石堆間卡著登山背包、一頂帳篷，壓著幾綑繩索。
△ 司機脖子搭著白毛巾，左手把住方向盤，右手伸到座位旁揀了兩粒檳榔塞進嘴。打
　 轉的方向盤，擦過發福的小腹。
△ 司機旁坐了個大學生，捲著袖子，胸前掛著指北針，頭髮吹得亂蓬蓬的。
△ 越過山口，卡車疾馳在平野和防風林之間，揚著偌長的一道土塵。比起窗外轟隆隆
　 的聲音，車內的收音機顯得接訊不良。

播音員：（OS）行政院長今（吱吱喳喳的雜音）……答詢時表示，對少數委員
　　　　跳上主席台的行為感到遺憾，台下……（吱吱喳喳，聽不清楚）。
司　　機：這一味就對了。（拍了大腿）社會就是要這樣戰，才會發展、才有
　　　　希望。若是沒這樣，哪有他辦法？一大堆烏魯木齊的事情，什麼
　　　　都有。（看領隊沒出聲）我知啦，你們讀書的較不愛這樣，對不對？

△ 領隊聳聳肩，不置可否。

司　　機：哎，你們學生不懂。等入社會你才會知，沒戰沒進步啦。（又嚼
　　　　了幾下檳榔）對了，你們找那條古早路是作什麼？
領　　隊：也沒什麼，爬山趣味趣味啦。
司　　機：你說那是清朝的路喔？
領　　隊：是，清朝開的，從前山通到後山。日本時代還有，現在就沒人
　　　　知了。
司　　機：前山通後山，那不是蔣經國的「中橫」嗎？清朝就有了啊？
領　　隊：不同條啦。
司　　機：啊建那個是要作什麼？

5

領　隊：（笑）也是要相戰用的。

△司機也笑。

司　機：山上路，一年沒人行，菅芒就蓋沒了，別說是什麼清朝。我每
　　　　天在這裡駛車，別人都說我是住在山裡，其實只有太魯閣那裡
　　　　去遊覽過，什麼山也不曾爬。不像這裡一些山地仔，是真正有
　　　　本事跑山跑海的。

△前方路口紅燈閃起，幾輛水泥攪拌車接連著從支線駛入幹道，司機猛煞住車。後面
　的學生全站起來，左右張望。

司　機：（望向後照鏡）免急，還沒到啦。（朝窗外啐掉檳榔渣）領隊還在，不
　　　　會把你們載去賣啦。

△學生又坐回石堆，繼續大聲唱歌嬉笑。

司　機：（怨嘆）還是會讀書比較好，以後免一輩子賺艱苦錢。
領　隊：沒有啦，現在畢業找不到工作的也滿滿是。

△（聲音淡出，鏡頭轉往窗外）海岸山脈下的樹林叢叢點點。懸在天上的電纜線，也
　以一道道優雅的微弧，遙遙地南北相接。
△車在一處橋頭停止。後頭的學生紛紛躍了下來。布鞋、風衣、雨傘、套頭毛織，全
　是登山行頭。
△學生卸下背包，把幾根帳蓬裡掉出來的營柱塞回帳袋，綑緊。
△鐺的一聲，司機把車後的鐵擋板推了回去，反手扣上鎖柄。

司　機：就是這裡了。（一步跨回駕駛座，探出頭來指著岔出去的路）前面這條
　　　　路走到底，過了村子，往右拐就是林道。不過現在通到哪裡我
　　　　不知道，你們進去再問。
領　隊：多謝嘍。

△ 兩個車前燈又亮了起來，投出兩道寬寬的光。柏油路面的中線上，一排反光的貓眼片閃著路向。

司　機：免客氣。

△ 大學生或站或坐，揮手道別。卡車不久便沒入前方山麓中。
△ 低空的丘陵隱現在鵝黃色的透明光線中。

【序場 B】

景：產業道路　時：黃昏　人：領隊、大學生、部落青年四人

△ 產業道路沿溪彎行，之字型的繞升，離溪一兩百公尺。
△ 路面上幾處泥凹中結著乾涸的輾痕，野草傍著車轍冒生。擋土牆上方種了些桃李。排水溝裡爬著綠苔，淺淺的流著水。
△ 兩輛中古的重型機車從山坡下來。上面兩兩坐著年輕人，戴帽的、包頭巾的，都穿著皮夾克和長筒膠鞋。配著山刀，懸在左腰前，透著山中人那股特有的明朗氣息。後座的人肩上負著竹籃，一手握著長長的釣竿。釣竿逆風，向後吹得彎勾勾、一浮一沉的。

青年甲：喂——你好。
青年乙：歡迎喔！加油喔！
青年丙：快到嘍。

△ 學生爬的有些喘，來不及說話，機車便一骨碌錯身而過，停也沒停。到了下面一處岔路口，青年甲把腿伸下來當作煞車，擦著地面讓機車轉彎。等到車的龍頭轉正，便噗噗噠噠、顛簸地下溪而去。
△ 領隊抹了汗往上坡看，村子到了。學生繼續向前走，背包上的鉤環和鋼杯叮咚作響。
△ 村口幾處牆上，連續嵌著太陽光焰的馬賽克鑲拼。攀緣的樹藤翻過牆頂，如圖騰的線條般在水泥牆上交錯，非常醒目。
△ 坡路兩旁全是檳榔樹，一些村民搬出凳子在屋外納涼，不時跑過赤足嬉戲的孩童。
△ 學生的登山裝扮，吸引了村民目光，互相微笑致意。

【序場C】

景：雜貨店的院子　時：傍晚　人：老婦、領隊、大學生

△院子四面是石板疊的牆。
△學生乙丙正在調整背包的重心。學生甲在雜貨店裡彎身看，手上抓著包綠豆、紅糖。
△院中坐著一位老婦，藏青色的衣肩上披了件毛毯。戴著耳環，微捲的白髮梳整的一
　　絲不亂。她仰靠著頭，舒服地歇息養神，懷裡有只尚未編完的藤壺簍。

領　　隊：(從上坡處走回來) 怎麼樣？買齊了嗎？
學生乙：差不多了吧。

△他正脫下衣服，使勁的甩掉衣服上的大理石粉末。

學生丙：幸好有人想起來，不然上山就沒宵夜吃了。
學生乙：你那邊呢，路況問的怎麼樣？
領　　隊：還不錯，林道通到十幾公里，有香菇工寮，再裡面聽說還有人
　　　　　在打獵。不過村長去台東了，隔幾天才回來。
學生乙：真不巧。
領　　隊：沒關係，明天一早，再問問有沒有人知道。
學生乙：你看古道還會在嗎？
領　　隊：難說，都一百年了。(解開襯衫透氣) 你沒聽剛才那個司機說，他
　　　　　在這邊跑了三、四年，連他都沒聽過。

△老婦本來閉著眼休息，聽到大學生說的話便睜開了眼，側頭打量。那表情宛如聽到
　　敲門聲，開了門卻發覺是陌生人。她把藤壺簍放到腳邊，緩緩抬頭，看著庭院疊牆
　　外的天色。
△東方，已成一片深藍。

學生乙：如果找不到古道，得背水好幾天。天啊，想到就累，說不定還
　　　　　得原路退。(咧嘴) 會曬乾喔！
領　　隊：溪谷上下都要一千公尺，沒跟到路就慘了。不過，那麼多清兵
　　　　　鑿出來的路，再怎麼糟，也不會憑空消失吧？

學生丙：（轉著脖子）一定有啦。六尺路，快要兩公尺呀。（用手比著）這麼寬、這麼長，要跑哪裡去？而且日本還有駐在所。

學生甲：（從店裡喊出來）喂，要不要多買些泡麵？

學生乙：（轉頭喊了回去）不用了。糖啦，糖別忘了。

領　隊：路口最重要。只要找對位置，路就應該還在，只能碰運氣了。

△老婦靜靜聽著，悠悠地看著這些大學生，覺得有些趣味。

老　婦：你們是不是要翻過山後的大溪，去走那條日本路？

△領隊和學生乙丙都吃了一驚，互相看著對方的臉，趕忙走近老婦。

學生乙：阿婆，你怎麼知道我們要去走日本路？

領　隊：（驚喜）你有去過嗎？你知道路要從哪裡開始走？

老　婦：沒有去過。（搖頭，慢斯條理）不過你們看起來，和以前測量隊入山的樣子很像啊。

領　隊：請問那路現在還有人在用嗎？

學生乙：那路是走在山頂，還是走在山邊？

△老婦像是來不及回答，乾脆笑起來，眼紋顯得更深了。她站直起來。

老　婦：來來來，進屋裡坐，喝杯茶吧。

【序場 D】

景：雜貨店的客廳　時：傍晚　人：老婦、領隊、大學生

△店內有個小冰櫃和幾排鐵架，都是日常雜貨。老婦請學生到店後頭的客廳坐下。

△茶水的熱氣氤氳。老婦啜著茶，娓娓道出舊事，學生聽得專注。（只呈現講話的樣子，鏡頭掃過客廳）

△客廳中央有覆著織錦的長桌，和幾張老舊的藤椅。簡單、典雅。廳不大，擺著許多舊日的藤壺、魚簍、陶甕。旁邊一個書架上，疊疊落落壓了許多日文書。

△學生乙聽得專心，順手從胸前掏出一張影印的地圖。他琢磨著老婦的描述，邊聽邊記，低頭寫在攤開的地圖上。

△（特寫）筆尖寫在圖紙上。圖上的等高線密密圈圈的，左下角一排方方正正的漢字楷體，印著「大正三年台灣總督府民政部警察本署製」的字樣。

△老婦正說著，忽然順著學生的目光，瞥見了這張圖，不由得怔住了。

領　　隊：阿婆？

△老婦沒聽見，還怔著。

學生甲：阿婆，你怎麼了？

△老婦回過神來，沒有說話卻站了起來。她緩緩推開一扇門，走進客廳邊上另一個房間裡。

△學生覺得有點奇怪，不過又自顧討論起來。

【序場 E】

景：雜貨店的臥室　　時：傍晚　　人：老婦

△門後面立著一個高腳竹櫥，櫥內疊了幾件衣物，上面置著手鐲、衣飾和一串項圈。

△老婦拉開櫥門，微彎著背，輕輕撫著這些舊物。與她乾皺皺的手相比，那項圈上串著稜稜角角的彎片，顯得如嬰兒肌膚般的光滑。

△邊上有一只木盒。她取出木盒，坐回床緣。

△（特寫）木盒嘎一聲的打開。老婦的手撥過幾封信，有一只銹了的口琴。

△她拿了出來，抹了抹琴面上的銹斑。老婦抿了抿唇，把琴放到嘴邊。她正想吹起，忽然看到梳妝鏡中自己的皺紋與白髮，忍不住伸手去摸。

△（情景疊化）男子的手摸著她的臉。

男　　子：（OS）你吹得最好聽。

△一個記憶浮現腦海：(看不清男子全貌)男子近近地看著她，聽著她吹琴。那是舊日族人習用的口簧琴。男子笑開了口，牙齒在夜裡特別白，閃亮亮的。男子用力摟住她。她的臉，感覺到他的鬍髭，感覺到地面上帶著露水的青草。星星的河，像一條掉滿了白沙子的溪，從樹葉後面流到天的另一邊。

△櫥架旁一個老掛鐘。鐘下的柄錘左右擺動，答答地響，一秒又一秒的把時間往前推。老婦沉思著。

△盒子最下面是一張紙，邊上壓得有些翹。她拿出了這張紙。

【序場 F】

景：雜貨店的客廳　時：傍晚　人：老婦、領隊、大學生

△桌上擺著剛才那一張地圖，學生挨著頭，在圖上面指指點點的。

△老婦走近，把手上這張久疊的紙，也放在桌上，輕輕地抹平。她不發一言。

△學生細看，都嚇了一跳。

學生甲：啊，這是同一張地圖！

學生乙：不，不一樣，這上面有畫線！

△(特寫)泛黃的紙上，辨得出一些褪色的筆跡，標註了各處駐在所的位置和虛點路線。學生把兩張圖並鋪在一起，湊著頭比對。

學生丙：(興奮)對呀，這些駐在所的位置都圈出來了。

△(情景疊化)圖上等高線的間距不斷變寬，許多清兵軍伕正在挑擔鋪石、喧騰著人聲。

領　隊：這些地方離溪谷都很近，看樣子不用背水！你看，(指著地圖)路是從這裡過溪，然後上中央山脈主稜的，這和我們想的不一樣。

△老婦別過頭，若有所思地望向窗外。彷彿生命中那股邈邈不可知的力量，破開了深藍的夜空，再度靠近了她、凝視著她。

△園子裡，幾片紛飛的落葉還沒落定，又被捲著向前。

△ 她靜靜出神。風，微微吹起，擴散得愈來愈大，愈來愈沉。終於變成夜裡的風濤聲，
　樹影狂舞。
△ 上片名字幕：後山地圖

【第一場】

景：山林景色　時：日　人：無

△（鳥瞰）天空落下來的風，把遼闊相接的樹梢頭，推得一波波的起伏。
△（原住民歌聲開始）
　「嘻喲英荷伊央，嘻也央荷伊啞那嘻喲英。
　荷伊也央海喲英，荷伊啞荷伊央……」
△（松林景色）微風穿過了高聳的翠綠樹冠。幾片黃葉，從不斷拂動的梢頭上落下，
　在蒸發的水氣中緩緩飄墜。
△（溪流景色）黃葉落在小溪的水面上。
△（白雪景色）溪水蜿蜒的流著，岸邊出現了白鬆鬆的殘雪。
△（峽谷景色）陽光斜照到半空光滑的絕壁。幾株盤在壁頂上的松樹，像斜跨山壁的獨
　木橋。筆直的杪欏，擠生在光線落入的漏空處。一扇扇金綠色的蕨頂朝著天空輻散。
△（動物景色）冰融。水滴落入小溪，在溪石間緩緩流。幾隻小鳥滋一聲地，沿水面低
　飛到前方青綠的蘚石上，停棲的尾羽不斷張合。
△（瀑布景色）溪水淙淙的愈流愈快，被山壁緊束成白色湍流，終於在一溪床落差較
　大處灑散出去。
△ 溪面變寬，溪流變緩，下游處看到一個村落，有炊煙。

【第二場】

景：部落某處 A　時：昭和六年（1931）初春　人：族人

△字幕：約 60 年前
△字幕：昭和六年（西元 1931 年）

△忽然一支箭沒入草葉間。林下原本翹直的草叢，嗦嗦的接連抖動。（一陣踩踏在落葉上啵啵地那種碎裂的聲響，由遠而近。）
△一個青年屈身取回射空的箭，走到溪邊，掬了水喝。他朝遠處看去，成排高聳的喬木，抽了油嫩嫩的葉芽子，嘩嘩嘩一樹的搖擺。
△彎腰作工的、溪邊捕魚的、修補屋舍的，都忍不住停下手，享受這陣和暖的春風。
△（原住民歌聲結束）

【第三場】

景：派出所外小徑　時：午後　人：依娜、孩童

△一雙雙曬得黑亮的小腳，從竹林裡啪啪啪跑出來。是一群孩子。光溜溜的身上，沾了許多竹葉的碎末。
△依娜心裡有事，低著頭走沒注意，幾乎和他們撞到。孩子一看是她，蹦蹦跳跳地叫嚷。

依　娜：（扶住其中一個孩子）怎麼了？
孩子甲：他搶我的飛蟲。
孩子乙：沒有，是我先抓到的。
孩子甲：是我先看到的。

△兩個孩子，一句一句我先我先的吵起來。旁邊兩三個圍觀的年紀比較小，掛著鼻涕，吮著指頭傻笑笑的站著，不怎麼明白的模樣。後頭還有個小女孩，背著個裹在麻布裡的嬰兒，現在才從林子裡跑了出來。
△依娜低頭看孩子手上抓的，是隻橘紅色的小甲蟲。甲蟲頭上有隻長長的細鼻管。

孩子甲：我不要了，給你。
孩子乙：我也不要。（對依娜）那妳幫我抓一隻。
依　娜：不行，我現在要去找人。
孩子乙：（耍賴）不要……不要……。
依　娜：這樣好了，你們先去比賽找找看，看哪一根竹子上面的飛蟲最多，等一下我回來跟我說，我再來抓，好不好？

13

△孩子點了點頭，又爭先恐後地跑進竹林。

△依娜看著背影，露出像是羨慕的表情。她繼續走，嘴裡喃喃默念著話語。

△小徑旁岔出一道兩人寬的石階路，上方一間墊高的懸山式杉木房。房子周圍是整平的碎石地，居高臨下。前方立著電線桿，一長列接向遠方。門口重簷，嵌著一枚偌大的警徽。右側柱樑上釘著長木條，上面刻寫著「警察官吏派出所」。

【第四場】

景：派出所內　時：午後　人：依娜、岩佐、井上

△還沒踏進門，依娜望見值班的岩佐，心中生厭，勉強擠出笑容。

依　　娜：(行禮) 岩佐先生，又來麻煩您了。

△岩佐坐在屏風旁，瞟了她一眼，翹著腿，晃著油亮靴子，自顧著用小指摳著耳朵，沒有搭理。

△依娜在一本簿子上簽名。

依　　娜：前幾天頭目接到通知，說要派人修路。
岩　　佐：是啊，怎麼樣？
依　　娜：頭目讓我來向所長拜託。
岩　　佐：拜託什麼？
依　　娜：我們上星期才剛撒種，每一家都很忙，至少要忙上兩個月。
岩　　佐：所以呢？
依　　娜：現在春耕，很難有多餘的人手。如果下個月就調去作工，一定會耽誤今年收成的。這件事能不能暫緩？
岩　　佐：暫緩？這不是我下的命令，這是廳裡下的命令，怎麼緩？
依　　娜：所以才來商量的。廳長上次來，不也說有事可以商量？

△岩佐沒說話，歪了嘴換手繼續摳耳朵。

依　娜：岩佐先生，您到這裡這麼久，知道我們的狀況，請一定要替我
　　　　們向所長說，請他幫忙。

岩　佐：這得看所長，我也沒辦法。

依　娜：如果所長真的沒辦法，頭目只得和鄰社一同去求廳長。

△這話起了作用，岩佐態度有些變，但臉上顯出為難的樣子。

岩　佐：好吧，我來看看。（翻起一疊公文，像在找什麼。忽然又瞟了她一眼）
　　　　妳不幫我倒水，我怎麼幫妳啊？

△依娜不知怎麼拒絕，只得到後面去提茶壺。
△岩佐看她聽命的模樣，有種支配的快感。她腰間繫了小鈴，長腿兒一圈紫布，綴著
　流蘇隨步飄，看得他心裡也直晃。
△依娜走回來，替他倒滿一杯水。

岩　佐：（態度轉親切）依娜，這事如果我可以幫妳，那妳怎麼謝我？

依　娜：什麼意思？

岩　佐：上次不是跟妳說了嗎？妳可以天天幫我倒水，作我的家內啊。
　　　　等我明年輪調，我就可以帶妳回東京享福。你考慮的怎麼樣？

△依娜心裡冒氣，但礙著有事求他便忍住。

依　娜：岩佐先生，您知道我們這兒的習俗，都是男的嫁進女的家。假
　　　　如您娶了我，不就得跟我的姓，到我家來作事？那很辛苦呀，
　　　　太委屈了，您願意嗎？

岩　佐：（語塞，不耐煩）少囉唆，那妳先過來陪我坐坐。

△依娜看他變了臉，有些害怕，不知如何是好。

岩　佐：聽到沒有？

井　上：（OS）請問……。

△岩佐嚇了一跳，趕緊把領口的鈕扣扣好，從屏風旁狐疑地站出來。

△門口站了個青年男子，一身熨平的卡其服，戴著圓頂的呢帽，帽沿下理著整齊的平頭。是生面孔。岩佐怕怠慢了長官，腦子裡努力地轉了幾轉，卻記不得有這號人物。

井　上：我是井上，剛調任這邊的學校，才報到不久，請指教。(鞠躬，從公事包中拿出一份文件)我要申請入山，這是入山的批文，有勞您了。

△岩佐一聽，知道不是什麼長官蒞臨，鬆了口氣。他一手拿過批文，瞄了瞄上面蓋的斗大泥印，認得是官璽，便斜轉過頭，以眼色示意旁邊桌上的簿子。

岩　佐：你先在那邊簽個名。

井　上：謝謝，我簽過了。

岩　佐：那就行了。什麼時候要入山？

井　上：明天。

岩　佐：知道了，等下山，再到這裡來簽個名。

井　上：是。(收起公事包，正待要走，突然又回身)請問您認識一位依娜女士嗎？

岩　佐：(胡疑)你找她做什麼？

井　上：是這樣的。總督府委託我進行一個調查計畫，署裡向我推薦了這個人。

岩　佐：是嗎？

井　上：您知道哪裡可以找到她？

岩　佐：她剛好在這裡。

井　上：是嗎？那太好了。

岩　佐：(轉頭)她就是依娜！

△站在後頭的依娜，上前向井上致意。

依　娜：(對岩佐)謝謝您協助，所長那邊請您務必轉達。

【第五場】

景：派出所外小徑　時：午後　人：依娜、井上、巴厚魯、瑪卡

△依娜與井上一同走出派出所。
△沿石階走下來，依娜心頭不快，沈默著。石階接回小徑，依娜轉向下坡，井上在小
　徑上停住。依娜向前走了兩步，又轉身回來。

依　娜：請問，我能幫你什麼忙？
井　上：嗯，對不起，我並不認識妳。剛剛是我隨口說的，請原諒。

△依娜有些不能置信。

井　上：那個巡查無禮，請妳以後小心。

△她這才認真的看井上。他捲起的袖管下，曬成兩截褐色，整個人透著一種風塵僕僕
　的氣息。臉頰看來有些削瘦，後頸曬得脫皮。

依　娜：你怎麼知道我的名字？
井　上：是我猜的，登記簿上最後一個名字，應該就是妳。

△井上不經意的看著依娜，見她披著一襲斜綴薄珠的霞帔，前額上箍著白貝串成的髮
　圈。餘暉在她臉上散出光潤的色彩，映著露珠般清澄的眼睛。
△兩人四目相接，都笑了起來。

依　娜：（陶侃）你們日本人這麼會騙人？

△井上愣了一下，還沒來得及應答。

巴厚魯：（OS）依娜。

△小徑下方走來兩個族人，都是一條長巾帶繞過前額，繫住後背魚簍，沈甸甸的。

17

依　　娜：今天看起來收穫不錯喔。

巴厚魯：對啊，等一下拿個大簍子來家裡分吧。

依　　娜：我也帶鹽過去，幫你醃一些起來。

巴厚魯：謝謝。

瑪　　卡：今年的魚來的很早，明天要多找一些人去。（邊說邊斜著眼打量井上）
　　　　　對了，路上怎麼聽人在說，下個月又要去作工，是真的嗎？

△井上本來靜立一旁，見瑪卡斜盯著他，覺得不自在。

井　　上：我先告辭。

△依娜向他表達謝意，井上離開。

瑪　　卡：（看著背影）他是誰？

依　　娜：好像是新來的老師。

瑪　　卡：老師？

依　　娜：我也不知道，在派出所裡碰到的。剛剛就為作工的事去找所長。

巴厚魯：所長怎麼說？

依　　娜：他不在，所以請岩佐轉達。

瑪　　卡：又是那個傢伙。

依　　娜：算了，也許他能幫上忙。

瑪　　卡：真是故意找麻煩。怎麼又輪我們？去年的工不是才剛做完？

依　　娜：這次聽說是要修到港口，十幾里路。

瑪　　卡：十幾里路！哼，好像他們一說，路就成了。他們自己怎麼不去
　　　　　修？達哈叫我們傍晚都到頭目那兒去。

依　　娜：好，我會去。達哈呢？

△瑪卡聳了聳肩，沒有答話。

巴厚魯：應該沒事啦。剛剛回來的時候，達哈一聽人說，就氣得要衝來
　　　　　派出所，結果半路被長老撞上。長老很不高興，連我們兩個都

罵。你看，這本來是要拿去送他的，（弓下腰扯了扯巾帶，把滑下去
的魚簍拉高。然後反手從簍子裡捏著魚尾，拎出了一尾燻得微微泛黑的魚）
看他氣成那樣，也不敢拿出來。就給妳吧。

依　娜：（接過魚）達哈現在呢？

巴厚魯：不曉得，應該還在長老那邊吧。（搖頭）長老的脾氣真壞，愈老愈
　　　　壞，一不高興就打人。

瑪　卡：走吧。我們還要去通知其他人，晚上別忘了。

依　娜：我知道。

△兩人走後，她有點擔心達哈，改了方向，決定先繞去長老那邊。

【第六場】

景：部落某處 B　時：午後　人：依娜、族人

△轉過一片坡地，翠綠的山水迎面而來。山谷裡的風，搖得竹子咯吱咯吱地響。高聳
　的竹林中，晚蟬叫得一陣比一陣響。
△路旁是片階地，幾個族人還在上頭整地收拾。
△一股濃煙從上面吹沉下來，裹得山腹裡一片煙霧。

【第七場】

景：長老住居　時：午後　人：依娜

△依娜走過架高的穀倉，木臼邊有個住居。她剛走近，就聽到粗啞的罵聲。

烏　朗：（OS）你打算怎麼辦？想反抗，還是想再打一仗？

達　哈：（OS）反抗？我當然想反抗。一下子修路，一下子蓋房子。我一
　　　　扛起木頭，就想把木頭往那些人的頭上砸下去。

烏　朗：（OS）砸下去？你了不起，你憑什麼？你忘了你父親了嗎？我不知道跟你講過多少次？為了戰鬥，族裡已經死過一次。日本人有數不清的槍、數不清的食物，可以連續幾十天戰鬥。你可以嗎？他們可以像圍山豬一樣，把你逼得沒地方逃，再一槍打死你。來，你說，你憑什麼打？你有什麼東西跟人家打？

達　哈：（OS）打的過要打，打不過也要打。我們不是勇士嗎？不是要保護族人嗎？

烏　朗：（OS）保護族人？你先把你自己保護好！

達　哈：（OS）長老，你變了，你不是我們的長老。（吼聲）你以前教我們勇敢，現在教我們膽小。你騙我們。

烏　朗：（OS）我教你勇敢，有教你去死嗎？這裡有槍，來，你拿去，你去打，我看你怎麼去和日本人打？

△屋內跟著啪啪啪的一陣毆打。
△依娜想進去，又不敢。

烏　朗：（OS）我是欺騙你！而且還要打你！替你父親打你，我要把你腦子打醒！我再警告你一次，反抗的事不許再提。我不想聽到這一個字。你再提反抗，不必讓日本人打死你，我自己就來打死你。

△竹壁突然被人重重撞上，碰的一聲。依娜嚇了一大跳，心蹦的快跳了出來。

烏　朗：（OS）我已經厭倦戰鬥了。勇士死光了！沒有鹽，沒有槍，沒有毛毯！老人死光了，女人死光了，小孩也死了大半。當年我們向祖靈發誓，只希望照顧所有的孤兒，不再戰鬥了。這件事我已經叫依娜去說了，其他沒你的事，你不用管。

△依娜聽到這裡，遲疑了一下，走了進去。

【第八場】

景：公學校的宿所　時：午後　人：校長、井上

△井上走回宿所，看見門口樹下有人閒坐。那人微微發福，穿著斜襟寬袖的和服，足
　下木屐，迎面站了起來。

校　長：你回來啦。怎麼，出去辦事啊？

井　上：是的，校長，我到派出所辦理入山手續。

校　長：哎呀，還是年輕人體力好，一有空就能四處跑。我看再過不久，
　　　　這裡你就比我還熟，都不用我介紹了。（笑）這是今天下午剛到
　　　　的信，是東京寄來的。

△校長從懷裡拿出一封信給井上。井上看了一下，連忙打開。看完，他掩不住高興的
　神色，把信遞給校長。

校　長：（掏出眼鏡看）喔，你的論文登出來了，真不簡單。年輕人，真有
　　　　你的。

井　上：校長要不要進來坐坐，泡杯茶？

校　長：不了。我就來跟你說一聲，等一會得去拜訪所長。所長人很好，
　　　　很照顧我們這些教書的。見面禮，我已經替你準備妥當。你人
　　　　來就行。

井　上：是。

校　長：你把你之前一些研究成果帶著，請他過目。將來你還有很多事
　　　　情要麻煩他。

井　上：所長來本島很久了嗎？

校　長：久啊。他從理蕃那個年代就在，算算也快二十年了。

井　上：（驚訝）二十年啊。

校　長：（笑）二十年其實不久，等你到我這個年紀，二十年想想也是昨
　　　　天的事。好了，我走了。

△井上行禮致意。

△進房間後，井上彎身把一口皮箱從床底拉了出來。他抹去灰塵，打開箱子，慎重地把這封信和母親捎來的家書放在一起。

【第九場】

景：派出所內　時：傍晚　人：石崎、岩佐、校長、井上、巡查甲乙

△石崎所長顯得非常開心，一一介紹了所裡的巡查。見到岩佐的時候，井上也與他行禮如儀。寒暄之後，所長便堅持要留他們下來用餐。他特別交代人去張羅了一桌小菜，開了幾瓶吟釀酒，說是替他接風洗塵。

△一群人在派出所內小酌起來。

△所長看到井上用毛筆字工工整整寫的一冊冊「蕃地慣息檢錄」的手稿，大拇指壓著頁面邊緣，啪啪刷刷地翻過，便「太傑出了」「英雄出少年」「理當好好拜讀」的讚嘆起來。

石　崎：你們看看，怎麼人家的草稿比我們寫給廳長的報告還認真？看看這些字。（對巡查）你們的字啊，唉呀。

巡查甲：所長，井上先生是老師，不能這麼比。

岩　佐：是啊是啊，字不能寫，但酒倒可以喝。（笑哈哈的為大家斟了一巡）我們大家敬老師一杯。

巡查乙：對，對，我們輪流敬老師一杯。

巡查丙：老師哪一天也要來教教我們寫字啊！

△巡查們哄笑成一團。

巡查甲：去你的，什麼年紀了，還學寫字做什麼？教大家穿穿蕃衣、說說蕃話比較有趣啦！

△巡查們又哄笑。

岩　佐：別囉唆，大家敬老師，喝，喝！

△井上想推辭，卻推不過。看校長也飲得盡興，只得一杯杯跟著喝。

石　崎：人生苦短，及時行樂啊。

△所長大力的拍著他的肩，把杯中的酒都震了出來。
△勸酒的聲音，不斷在杯觥中嗡嗡的響。

【第十場】

景：公學校的宿所　時：夜　人：井上

△酒帶著後勁，井上有些頭痛，覺得疲憊卻睡不著。
△井上坐回桌旁，拿出一張信紙，開始寫信。

井　上：（OS）剛從台中調到此處的公學校。這裡是後山生蕃地，但請放心，這裡已經沒有獵頭。校長是大阪人，到這裡三年，人很親切。我打算邊教書邊做研究。本島有很多日本沒有的樹種，去年我整理了一些寄回東京，剛剛得到獲獎刊登的通知，非常高興。此地生活安好，請母親不必擔憂，也請保重身體。

△他翻開一本厚重的書，拿出一片乾燥的葉子，和信一起折進信封裡。
△他披衣坐到外頭，繁星滿天。

【第十一場】

景：公學校的宿所　時：日　人：井上、族人

△宿所外的大石頭上晾著一件被毯。
△井上衣袖捲著，提著水桶從裡面走出來。他走到廊前，把髒水潑到砂地上倒掉。然後走到旁邊的儲水池，舀了一桶水出來。

△他正要回去，看見幾個婦人站在不遠處看他，有人頭頂著陶壺、有人用手抱著。
△他禮貌性的招手，婦人都沒有反應。直到他走開了，婦人才敢走向儲水池舀水。

【第十二場】

景：部落Ａ住家　時：日　人：依娜、井上、族人

△林間小徑上幾個族人竊竊私語，遙遙看著上面一戶住家。
△順著樹幹旁看去，井上被一個族人揮著手從門口推了出來，人都快被推倒了。
△依娜恰好經過，看到是井上，便停下腳步詢問究竟。族人講得比手畫腳，嘖嘖不以
　為然的樣子。

族人甲：（OS）出去，出去！

△依娜上前催促著井上離開，井上狼狽的跟著走。

依　娜：你這樣是不行的。他們家有人死了，不是親戚都不可以進去，
　　　　那會帶來厄運的。這是禁忌。
井　上：可是，他家的小孩該上學了。你看。

△井上停下腳步，拿出名冊，上面寫了許多孩童的名字和年歲，下面做了一些打勾打
　點的記號。

依　娜：你知道他們住在哪裡嗎？

△井上搖頭。

依　娜：你現在要去哪裡？

△井上指了名冊上另一個打點的人名。

依　娜：他們就住前面，但不會講日語，你怎麼和他們說？

井　上：盡量說，總是會懂的。

依　娜：這樣吧，我陪你去，幫你做翻譯。

井　上：謝謝。

【第十三場】

景：部落 B 住家　時：日　人：依娜、井上、族人夫妻、小孩

△井上正對茅屋外頭的中年男子努力勸說，依娜一旁譯著。

井　上：孩子已經滿八歲，應該要上學。只利用半天時間，認字、讀些故事。

族人夫：依娜，妳跟他說，我們自己就有很多故事。等小孩大一些，我
　　　　們也有集會所，不用上什麼學校。

△依娜翻譯。

井　上：還會學算術。

△族人夫又對依娜說了些話。

依　娜：（對井上）人手不夠，小孩不要上學，要幫忙種田。他說你那些東
　　　　西對他們沒用。

井　上：上學……可以……小米……種……更多。

△井上突然生硬地擠出幾句族裡的話。

族人夫：（驚訝，但仍揮手）不去，不去，叫他趕快走。

依　娜：沒辦法，走吧。

△井上站在那裡，覺得無可奈何。

△屋裡突然探出一名女子叫男子回去，兩人在屋裡講得有些激烈，最後男子揹著竹簍出門而去。

△一個男孩跑出來，顯得很高興，跑到依娜身邊。依娜蹲下來，男孩在她耳邊嘰咕講話。

△依娜聽完，拍拍小男孩的頭，小孩一溜煙又跑回去。

井　上：怎麼了？

依　娜：他媽媽答應了。

井　上：怎麼突然願意了？

依　娜：她說去年有人得了瘧疾，誰都沒辦法，差點就死了。後來是從花蓮衛生所拿了藥回來才好的。她說，小孩如果會「種藥」就是有用。以後早上聽媽媽的，上學。下午聽爸爸的，種田。

△井上哦了一聲。

依　娜：(笑) 對了，你什麼時候偷學了我們的話？

△井上從口袋裡拿出一本冊子，上面滿滿的是日文語辭和族語的片假名拼音。輪到依娜一臉驚訝。

井　上：(笑) 那妳呢？妳什麼時候偷學了我們的話？

△依娜笑，沒有回答。

【第十四場】

景：公學校的教室　時：日　人：井上、孩童

△教室低低矮矮連著三間，每扇窗戶都開向同一邊。外面是個灰撲撲的小操場，最末間教室的外牆邊有一處園圃，不遠處立著旗桿。

△朗朗的覆誦聲傳到教室外。

△教室內，孩童拿著日文讀本，跟著井上讀著五十音。

孩　童：（OS）（齊聲敬禮）謝謝老師。

△一群孩童衝出教室。光著腳丫，穿著鬆垮的舊衣服。
△孩童甲跑到講台上，從口袋裡抓出一把檳榔給井上。門口幾個等他的孩童吃吃的笑。

孩童甲：（咧嘴笑）送給你。

△井上道謝，伸手接了，孩童甲追前面的孩童去了。
△黑板上方掛了天皇肖像、歷任總督，旁邊懸了大幅的日本地圖。
△一些孩童練習寫的片假名，仍歪歪斜斜的留在黑板。板溝上整齊站著幾截很小的粉
　筆頭。桌椅標齊對正，桌面、窗戶一塵不染。牆壁上釘著很多畫。
△井上到教室後拿了鏟子和手套，步出教室。

【第十五場】

景：公學校的操場　時：日　人：依娜、井上

△操場邊上有兩棵半人高的山櫻。操場有孩童嬉鬧的聲音。
△井上正在種第三棵山櫻，依娜走來。

井　上：謝謝你這陣子的協助。
依　娜：應該的，其實我也覺得小孩子上學比較好。（看著剛種下的櫻）你
　　　　喜歡山櫻？
井　上：嗯，這裡的山櫻，和日本的櫻花不太一樣。

△井上脫下手套，輕輕摸著枝上的幼蕾。

依　娜：怎麼不一樣？
井　上：日本櫻，一開就滿滿的開，一謝也是滿滿的落。山櫻開花不多，
　　　　不過都很結實，開的時間也比較久。
依　娜：（張望）怎麼種在這裡？

井　上：這裡開闊啊。等過幾年花長高了，開花了，大家可以在這裡賞
　　　　花。這是我們家鄉的習俗。

△他使勁用鏟子覆上一坯濕泥，然後把鏟子放進鋁盆裡，搓去泥巴，再將整盆泥水倒
　在新種的樹下。
△井上拉過掛在頸上的毛巾，抹去臉頰的汗，拍去手上的泥塵。

井　上：走，去看我的發現。

△依娜隨他走回教室。

【第十六場】

景：公學校的教室　　時：日　　人：依娜、井上

△教室前方一個標本架。
△看過一些瓶瓶罐罐，井上打開木櫥，拿出一截扁平的枝葉和放大鏡。他透過放大鏡看。

井　上：妳看，這葉背有兩條灰色的氣孔帶，不像常見的杉。（得意）這
　　　　是冰河時期留下來的植物。
依　娜：冰河？
井　上：離現在兩百萬年前。
依　娜：兩百萬年？

△井上蹲下，看著牆邊一塊石頭。

井　上：這是蛇紋石，上面有一條綠色橫紋，非常特別，是這附近採的。
　　　　你看美不美？

△井上指著紋路，像觸著纖滑的肌膚般，緩緩摸過，非常專注。
△依娜不覺得石頭有什麼特別，但是對他專注的模樣卻覺得很特別。

△井上抬起頭，發現依娜正盈盈地注視著他。眼眸，像星星般的閃耀。井上有些尷尬。

井　上：（訥訥）我幫你倒一杯水。

△井上起身去倒水。
△依娜拿起放大鏡，依照井上的模樣，也看到葉片上的氣孔和網脈。她拿開放大鏡，
　只是普通的葉片。拿回放大鏡，又看到氣孔。她來回試了幾次。
△倒水回來的井上，看著依娜用放大鏡看著許多不同的葉片標本。

依　娜：（回頭）你平常就忙這些？
井　上：習慣了。
依　娜：你都是哪裡撿的？
井　上：從這裡上山，一天就可以上幾千尺，那裡的樹種很多，變化很
　　　　大。可惜我路不熟，不然應該還看得到更特殊的。
依　娜：這就是你要我看的？

△井上點頭。

依　娜：為什麼讓我看這些東西？
井　上：（遞水）我覺得你會喜歡。

△依娜看著木櫥裡堆了滿滿的書、地圖、標本和一些交疊的手稿。

依　娜：（順口問）你怎麼知道我會喜歡？
井　上：因為妳織的布很漂亮。（停頓）美的東西是相通的。
依　娜：（笑）你喜歡？那我織個東西送你。
井　上：真的？
依　娜：（順口答）你說呢？

△依娜一臉燦爛的別過頭去。井上突然覺得有種像櫻花瓣一樣的東西，從他眼前閃過。

【第十七場】

景：公學校的操場　時：日　人：依娜、井上

△兩人併步走到廊前。
△不知哪裡來的一陣風，在操場上直打轉，捲著一片沙塵兜圈子，最後揚向天空，直
　到散得看不見。

依　娜：天空有多高你也知道嗎？

△井上轉頭看她，她身後的天空蔚藍如洗，有些炫目。

井　上：有幾千里呢。嗯，怎麼說，我們看到的天空，其實是一圈厚厚
　　　　的空氣，像穿了一件衣服。天空也有很多層，最下面的一層就
　　　　是我們看見的雲。天空雖然高，不過人現在已經可以飛上去了。
　　　　飛機就飛在雲的上面。

△一朵低雲靜靜的飄過，近的像一步就可以攀上去。

依　娜：我也想飛上去。
井　上：為什麼？
依　娜：我想摸摸天上的雲，那一定是世界上最軟的東西。
井　上：(看她，停了一下，笑) 我帶妳去。
依　娜：(像是沒聽清楚) 什麼？
井　上：走。

△井上透著神秘，轉身向外頭走去。依娜好奇地隨他走到操場中間。

依　娜：什麼都沒有啊？

△依娜望著四周。藍天上一落一落的白雲，白的非常鮮明。

井　上：妳眼睛閉起來，等我一下。

△依娜果真閉起眼。
△黑螢幕。（井上離去的腳步聲，近而遠而近，一個東西放在她面前。）

井　上：好了，請妳的手借我一下。

△依娜怯怯地伸了出去。他的手搭在上面，緩緩的壓下去。

井　上：妳看。

△依娜睜開眼，眼前是方才的臉盆，放在一個木架上。她的手就放在水裡。細細一看，她的手果然觸到了天上的白雲。白雲還在她手中的微微盪漾。依娜忽然明白，抬頭看了井上，又低頭看著模糊飄著的白雲。
△她小心的掬起水，讓它慢慢的從指縫間流下去。手中淺淺的水，連到了飄動的天空。

井　上：（笑）你忘記了，日本人很會騙人的。

△依娜也笑了，輕輕地拂動著水，又閉上了眼。彷彿果真不可思議地飛上雲端，碰觸到這只屬於天上、最輕、最白、最軟的東西。

【第十八場】

景：派出所外小徑　時：日　人：依娜、井上、達哈

△井上正騎著車，遠遠看到依娜走來，便緩緩停住，揮手致意。
△依娜身邊有一男子。他束著長髮，一襲短衣。短遮的布襉橫繫腰際，斜佩一柄山刀，赤著健壯有力的腳。圓鼓的肩頭，連著粗直的手臂筋肉。前敞的胸，環著一串獸牙項圈。上面串著的獠牙和羊角，都挫成拇指長的大小，磨得圓鈍光亮，白閃閃的。

井　上：初次見面，我是井上，請指教。

△對方眼睛黑森森的、毫無反應。

依　娜：（對男子）這是井上，（對井上）他是……。

達　哈：（打斷依娜的話，對著井上）你和我沒有關係吧？

依　娜：（回頭看男子）達哈……。

達　哈：我有兩個名字，你想知道哪一個？

井　上：（不解）兩個都想知道。

達　哈：達哈，是我族裡的名字。日本名字，叫做「不良蕃丁」。

△達哈兩手交叉胸前，眼底潛著敵意。

井　上：你覺得你是「不良蕃丁」？

達　哈：（注視井上、挑釁）是。

△井上感到意外（以為他會說不是）。

井　上：那麼，我比較喜歡你族裡的名字。

△井上看了依娜一下，沒再說話。他將車後面震得有些歪倒的郵包重新綁正，又跨上
　　車而去。
△輪聲軋軋去遠，依娜還想叫住井上。回頭一看，達哈已自顧地向前走去，便快步跟上。

【第十九場】

景：溪邊　時：日　人：依娜、達哈

△依娜、達哈下到溪邊，踩過晶亮的石塊。經過一處獵寮，達哈取了一支魚矛。
△溪兩岸全是潔白的岩壁。岩下蘚苔，覆生到溪水洪枯不至的高度，攀延成一條線。
　　轉過雙溪口，一株橫倒在溪岸的白色巨木，根鬚沖得潔淨無泥。
△兩人躺在一處暖烘烘的大石上。
△石下是個深潭，綠水緩緩漫過，像覆了一張平滑的薄膜，清澈地可以看見河底卵石
　　間竄游的小魚。

依　娜：後來，他真的射下了其中一個太陽。

△依娜躺在達哈臂彎上。

依　娜：於是草開始長，溪水開始流。山變綠了，天變藍了，可是他也
　　　　被太陽熱滾滾流下來的血燙死了。他一倒下去，祖靈就把他的
　　　　身體變成巨大的黑色山壁。大家感激這個勇士，就把他的樣子
　　　　刻在木柱上，永遠紀念他。

達　哈：後來呢？

依　娜：他的妻子相信他還活著，天天揹著兒子到山上去等。可是夏天
　　　　過去，秋天來了，他卻沒有出現。直到一個冬天的夜晚，她終
　　　　於在山壁旁見到了他，兩人緊緊的抱在一起。她沒有再下山，
　　　　就在山壁旁變成了綠色的草原，兒子就成了山頂一個大石頭，
　　　　三個人永遠留在最高的大岩山上。

達　哈：（快快）這故事很可憐啊。妳講這個，小孩會喜歡嗎？

依　娜：（搖頭）他們才不覺得可憐，追著問我那是哪裡的山，要我帶他
　　　　們去看。（笑）他們要知道哪一顆石頭是那個兒子變的。

△達哈不覺的笑。

依　娜：（停住笑容）如果是我，也要去等。

△達哈認真的看著她，像整個人都走進她的話裡面。他輕輕摩著她的耳朵，不知道要
　說什麼。

達　哈：（耳語）幸好我們的世界沒有兩個太陽，我不用去射，妳也不用
　　　　去等。

△岸邊撲喇撲喇的出現幾隻雀鳥，平飛過水後，又拍著飛上去。鳥逆著光，只覺是幾
　個黑影掠過。

33

△幾片薄雲悠悠散去，陽光忽然變得大刺刺的，周圍一陣熱空氣浮動了起來，就像果
　真有兩個火球掛在上頭，爭著想要擠進溪谷。

達　哈：（忽然感觸）如果日本再欺負人，我也像射太陽一樣的把它射下來。

△依娜正覺曬暖的心，一下子像潑到冷水，全醒了。

依　娜：我不喜歡你這樣說。

△她推開達哈的手，別過頭去，像是生氣，但心中其實是生起一種恐懼。
△達哈見她擔心，有些過意不去，便把她攬近了。

達　哈：好，我不說。

△依娜沒有答話，像是心裡還有氣。

達　哈：剛剛那小子就是新來的日本人。
依　娜：（轉回頭）你不應該這樣對人講話的，還是第一次見面。你太沒禮
　　　　貌了。
達　哈：沒辦法，我就是不喜歡他們。不過，那人倒沒巡查凶惡。
依　娜：凶惡的人是你吧。他是老師，來教小孩的，和巡查不一樣。
達　哈：管他是老師還是巡查，日本人都是一樣的。不一樣的，是我們
　　　　和他們。

△達哈又冒起一股氣，坐直起來，撥下旁邊一片碎岩，奮力地投進深潭裡。

達　哈：（大聲）日本人像老鷹一樣，整天盯著我們，恨不得飛下來咬人。
　　　　他們是怎麼對待我們，妳還不清楚？

△達哈憤憤地望著深潭。
△水紋的光影扭動。（情景疊化）火焰，火把上的火焰。巫師喃喃的唸著咒語。一個
　骷髏頭，端放在石臺上。小達哈躲在一個長老身後，在大人背影交錯的空隙間望著

那顆人頭，心中非常害怕。四處擠滿了人。火把的照耀下，達哈看見父親舉酒向頭骨撒祭。酒倒向頭骨，濺出白色的水滴。（情景疊化）陰暗的屋子裡，父親身上有溼紅的血，許多人在他旁邊，母親嗚咽著。達哈覺得這一幕比看到骷髏頭還要害怕，緊緊拉住母親的手。屋外嘈雜慌亂的吼叫和哭聲，屋內角落還有沾滿血痕和泥濘的人躺著。忽然，母親把他推到父親面前。

博庫斯：（掙扎、聲音微弱）達哈，來。

△博庫斯流淚，顫抖地摸著他的臉。

小達哈：爸爸是勇士，不會死！
博庫斯：爸爸不是勇士……但我希望你是。

△博庫斯對達哈斷斷續續的耳語，達哈拚命的抓住父親。

博庫斯：殺人不勇敢，做對的事情才是勇敢。
小達哈：爸爸，爸爸，……！

△在小達哈的呼喊聲中回到現實。
△依娜坐了起來，從身後摟著他，臉頰貼著他的背，靜靜地不說話。
△達哈回頭看她，躺了下來。
△依娜看著他，無語，只輕輕摸著他頸上的項圈。順著一個又一個乳白色的牙角，她的手碰著他的胸膛。

達　哈：想不想吃魚？

△依娜點點頭。達哈豁地站了起來，拿起魚矛跳了下水。
△達哈看好一段水道，搬了些樹枝和石塊，塞在大石頭之間。順著水的流路，疊出了長彎彎像袋子一樣的水堤。不到幾分鐘，就有些小石斑、溪蝦，在圍住的水裡頂來頂去的游。
△依娜躺在石頭上，太陽曬得有些發燙。挪了挪身子，她感到另一種熱度在身體裡鼓動著。水面上一只蜻蜓，張了透明薄翅，幾次低飛點落，像是被水流聲驚覺，又款

款飛走。她不經意的望向天空。從夾岸的青碧溪底向上看，天空顯得格外的高。一朵白雲悠悠飄過。

△依娜忽然想起那臉盆中的雲，和那盆水的沁涼感覺。

達　哈：（大吼）嘿，抓到了，大隻的。

△依娜坐了起來，猛覺得烈日奪目，睜不開眼。她瞇著眼，看他矯健的身影從那頭的水灘，幾個大步跳躍過來，一下子就踏到這石頭下邊。

達　哈：你看。

△達哈興奮地舉高了長矛。長矛揮上來的水，在他濕漉漉的手臂與背胛上，流成幾道水痕。矛頭的尖端，刺住了一條肥厚的苦花。那條魚披滿了銀白色的鱗片。魚尾，在艷陽下左右啪搭啪搭地甩，像把整條溪水上的波光都甩了上來。

△依娜突然覺得感動，雙手一撐也跳下溪，靠近挽起他的手，捨不得放。

【第二十場】

景：集會所　時：夏日　人：頭目、達哈、瑪卡、少年十餘人

△一幢架高的敞棚建築，離地約兩公尺。整齊斜陡的竹頂上方，緊密地覆著茅草，裡面聚集了群少年。

△會所四周全是橫削齊肩的麻竹，像山寨般圍著空闊的平坡。柵門旁有只半朽的古舟，是以樟木幹刨空而成的獨木舟，另外還有一座用作警戒的瞭望竹台。四邊角落，聳立著約莫兩人高的杉木柱。

△達哈吆喝一聲，將偌大一罈酒從木梯扛了上去。

△瑪卡卸下背籃，倒出竹片和麻繩分作數份，逐堆清點。

△陽光斜照在一柄刀上。

△刀身微彎，如小腿肚的滑弧，兩面開鋒。鋒口泛著銀光，反射在少年生怯緊張的臉上。

△少年對面，站著一位精神抖擻的長者。他皮膚黯褐，看上去如老牛皮般的粗韌，有一種風霜之後的頑強。臉上斑斑刺紋，比皺紋還要深黑。他前額箍著鮮亮的羽冠，頸下垂繞著珠貝項圈。

頭　目：男人，會有自己的獵場、自己的耕地，有自己的家。

△頭目他一邊說著，緩緩的將刀插回鞘中，鄭重地遞給眼前的少年。
△鞘上的鐵線壓紮，緊扣著刀面，鞘柄上垂著兩段麻繩。
△少年把銜住的麻繩纏過腰綁住，然後退到一旁，同其他人靜靜地站定。其他人腰間都已經配著刀。

頭　目：（環顧眾少年）刀，人人都會有。敢拿刀的不算勇士，敢拿命的才是勇士。

△達哈斜傾酒罈，倒出了一大碗白濁色的酒。
△頭目右手食指沾了碗中的酒，朝上輕輕彈去，喃喃祭告祖靈。
△會所外是一片清朗的藍天，拉長的雲從山後整股的浮了出來。雲下有山谷，谷中隱著瀑布。水氣清盈的飄在半空中，若有靈氣。

頭　目：（OS，與以上畫面同時進行）這個世界上，一草一木都有靈。有善靈，有惡靈。善和惡，像山和谷一樣，離得很近。你不小心就會糊塗，就會迷路，只有用靈魂才能分辨。

△少年一一傳喝著這碗酒。
△達哈將準備好的材料放到少年面前，瑪卡則走到場中央，開始用竹筒、藤枝和麻線，示範如何製作簡單的吊子。

瑪　卡：藤木綁住麻線後要固定好，記得要插的深，不然抓到的動物也會跑掉。架的時候要小心壓，免得彈到自己。線拉下來之後，先這樣踩著，（跪著一腳，另一腳踩在麻線上，扯住了半彎的藤）然後勾住竹筒，再打一個圈圈的結，和裡面的木條卡住。動物一踩到，竹筒倒了，卡住的地方一鬆，啪，這根藤就會把圈圈這樣扯上去，就抓到了。

△瑪卡讓開腳踩，熟練地結繩、勾藤、卡榫，並仔細說明著製作吊子的順序。

瑪　　卡：嘿，你作的圈圈太大了。(瞄見一個少年綁的吊子，出聲指正)這是抓
　　　　　小型動物的陷阱，圈圈不能太大，要剛好套住牠的腳或是脖子。

△達哈走了過去，指導那少年的套圈調到適切的大小。
△那少年低斜著頭重作，一不注意被彈起的藤枝正打在臉鼻，「阿呀」一聲的搗著臉
　坐倒，身邊的同伴都笑起來。
△頭目看著在場少年容光煥然，學得起勁，感到很欣慰，不覺閉了眼休息。
△鏡頭轉入頭目的回憶。他當年也是這樣受著訓練，身旁許多要好的兄弟。少年們正
　搭肩飲酒，眾人清秀的臉龐上全是開懷的大笑。
△(原住民歌聲開始)
　「拉魯喲——香香喲噢，小米酒，來請我兄弟。
　這端我，那端你。一杯一杯我不醉，誰也不要阻止我。
　兄弟明天要分開，暢快伊呀飲下這酒甕，不管明天又如何。
　嗨——歐——洋」
△少年興致勃勃的歌唱，用手拍著腿，共同打著響亮的節拍。
△他拿起酒碗，仰頭猛飲了一大口，高興的伸手拍了身旁一個少年的肩。那少年不回
　頭。他又拍了一下，少年仍不回頭。他興緻正高，便搭住少年的肩用力扳了過來(原
　住民歌聲戛然中止)。
△鮮血從少年的前額不斷流下。他嚇得放手。那少年張著口，呃呃不能言語，仰頭倒
　下。(情景疊化)夜半，會所外倒了數不清的人，地上散落著槍、箭、刀。他背著
　一個族人衝回來，筋疲力盡撲倒在地，背著的人死死的滾入草叢上不動。他爬近看，
　人早已斷氣。他表情扭曲的撐起手抬頭，周圍的族人邊跑邊喊著親人的名字。他跌
　跌撞撞的衝進達哈父親的屋子，只見小達哈趴在他身上哭。低下頭，腳邊躺了一個，
　一個旁邊還有一個，一個旁邊還有一個。呻吟的聲音，哭泣的聲音，愈來愈大聲，
　他受不了的搗著耳朵，周圍狂野地旋轉起來……
△一片白光。
△頭目猛然睜開眼睛。只有大片靜止的雲影落在前方的空地上，什麼事也沒發生，他
　又聽到瑪卡的聲音。

瑪　　卡：吊子作好以後，用土堆蓋住，再抓一些葉子撒在上面，不然動
　　　　　物會躲，他們是看得懂的。接下來，就是要知道怎樣把吊子放
　　　　　對地方，這最重要。如果放錯地方，等於全是白費力氣。

△瑪卡一手扶著吊子的圈圈，把另一手當作小動物，設想他們跑過、跳過、飛過這個圈圈時會引起的反應和狀況。

少年甲：你怎麼知道那裡有沒有動物呢？

瑪　卡：飛鼠吃過的樹葉，山豬打滾的泥池子，都是他們的痕跡。還有腳印，腳印是動物的影子。（指著頭）打獵不是靠運氣，是靠頭腦，靠經驗。

△頭目顫顫的呼出一口氣，現實的景物這才顯眼起來。

少年乙：（沉聲）頭目，所長來了。

【第二十一場】

景：集會所　時：夏日　人：頭目、達哈、瑪卡、少年十餘人、石崎、岩佐

△眾人看向外面，果然是石崎和岩佐兩人遠遠走來。原本輕鬆熱絡的氣氛中間，像掉下了一塊冷冰冰的大石頭。
△達哈老遠看見岩佐，一陣惱怒攢上心來，冷冷睥睨著。
△石崎和岩佐走到集會所下頭。

石　崎：（笑）怎麼？我們來的不是時候？

頭　目：哪裡！歡迎，請。

△石崎和岩佐走上木梯，在頭目旁邊坐定。

頭　目：所長怎麼有空來？

石　崎：聽說今天是少年晉級的日子，順道來看看。

頭　目：（笑）只是訓練訓練年輕人，小事。

石　崎：我們剛從花蓮回來。

頭　目：喔？

石　崎：（愉快）今天是什麼日子，有沒有人知道？（轉頭對少年）今天是我們國家的大日子。

少年丙：（怯怯）始政紀念日。

石　崎：對，始政紀念日，就是紀念皇軍入主台北城的日子。我今天代表各位，到花蓮參加升旗大典，真是非常感動。各位能在此安穩生活，不再受到清國政府的壓迫，天皇的恩澤絕對不能忘。（下面一片寂靜，轉頭對頭目）你們都訓練些什麼？

頭　目：都是山獵漁獵的事，希望他們將來能夠生活，也學著做個勇士。

石　崎：勇士，嗯，不愧是模範頭目，勇士太重要了。說到勇士，我倒有些話想要和大家講講。

頭　目：請指導。

石　崎：武士。（嘴唇兩端下沉凝住，下巴微揚，顯得十分敬慎）武士就是國家的勇士。各位，這就是武士精神的代表。（解下隨身的武士刀，右手持著劍柄中央，平舉胸前）你們知道這把刀叫做什麼嗎？

數少年：武士刀。

石　崎：對，武士刀。武士刀，就代表武士道，就是劍道。練劍、練氣、練心。重國家、輕死生。武士道，是我們在世作人的根本。各位今天是部落的勇士，明天就是國家的勇士。大家要立定志向，努力鍛鍊，將來好好報效國家。我們日本的內地人、平地的本島人、還有各位，大家一起流汗，甚至流血，朝著同一個目標，對著同一個敵人前進。不這樣，是沒有資格作一個皇民的。

達　哈：（打斷）我們又不打人，怎麼會有敵人？

△場面尷尬。

石　崎：（冷冷）你不同意我說的話，是嗎？

△達哈不答。

頭　目：（僵著臉，對石崎）別理他。

石　崎：你把你的看法說出來聽聽。

頭　目：不用理他。

石　崎：（對頭目）他是族裡的優秀青年，反應反應意見都是好的。（語氣不怒，反而寬容）達哈，你有什麼意見沒關係，說出來聽聽，也是給所長多一個商量。

△頭目注意到石崎臉上一閃而過的陰沉眼神。頭目注意著石崎，石崎暗算著達哈，達哈顧忌著頭目，三人之間隱藏著緊張。

達　哈：這是所長自己要我說的。

石　崎：是，是所長要你說的。

達　哈：為什麼今年又要我們去修港口的路？

石　崎：本島人要納稅，你們不用納稅，只服勞役。修路作工就是一種勞役，這也是皇民應盡的義務。如果你有農事要忙，沒有辦法來，也可以請人代替。

達　哈：（野氣騰騰）所長既然這樣說，那我就不去。

岩　佐：你敢不來就抓起來槍斃。

△岩佐按捺不住，站了起來。

達　哈：你來抓啊！

△達哈一下勾起舊恨，也往前跳起一步，兩眼圓睜，青筋暴起。
△岩佐看他眼中佈滿血絲，握拳的手臂整個繃緊的樣子，著實覺得膽寒，上身不覺微向後傾。

頭　目：這是所長為了改善族裡生活的好意，每一個人都要去。（提高聲量，橫揮煙斗）你也一樣，馬上給我回去坐好。

△達哈不敢抗逆，悻悻然地回位蹲下。
△石崎看到頭目怒斥達哈的樣貌，神色稍濟，但不想這麼便宜放過他。

石　崎：達哈，這樣吧，請你把在學校學過的歌曲也教教大家。

△達哈遲遲不答腔，足足停了數秒，才緩和下來的場面立時又僵住。
△少年們紛紛抬頭看著他。

達　哈：我不會唱。

△石崎向岩佐使了一個眼色，岩佐伸手撥開了槍套扣。
△瑪卡全身聳緊，手心不覺握緊了配刀。

頭　目：（輕咳一聲，起身，唱）君王的世系……。

△石崎沒想到頭目竟領銜唱起國歌，趕忙站起，挺胸立正也隨著唱。少年見狀，也跟
　著站起來唱。
△（眾人合唱）「君王的世系，一千代、八千代。直到小石都成巨岩，滿覆青苔。」

頭　目：（唱畢，湊近石崎耳邊）請大人不要和那小子計較。
石　崎：（注視頭目，但神色舒緩）沒關係，沒關係，年輕氣盛也是人的常
　　　　情。我們該走了，不打擾，你們繼續。

△石崎與岩佐下集會所而去。
△頭目站著目送所長走遠。

頭　目：（對瑪卡）你教大家再多練習幾遍，吊子每個人都要會作。（轉瞪
　　　　達哈）你，跟我下來。

△頭目背著手走下木梯。達哈低頭不吭聲，尾隨而去。
△頭目走到會所柵門旁的杉木柱，停下來，看著木柱上的圖騰。
△柱身上裂著參差的溝痕。柱面高處，刻有兩具男身圖騰。背立的人偶雙肩相接，一
　前一後環著木柱。雙拳反握，並舉在臉頰下方。鼓凸的眼睛，彷彿一對有魔力的精
　靈之眼。
△達哈走到頭目身後停住。

頭　目：(背向達哈)你覺得我這個頭目沒用是不是？

達　哈：我們為什麼要屈服？

頭　目：因為我有責任。

達　哈：什麼責任？

頭　目：比戰鬥還大的責任。(嘆)你以為屈服比戰鬥容易？你爸爸比你強太多了。如果他還在就好了。

△ 達哈沒想到頭目說這些話，愣住。

頭　目：你真讓我失望。(閉目，喃喃自語)博庫斯，我沒聽你的，你兒子也沒聽我的啊。

【第二十二場】

景：公學校的園圃　　時：日　　人：井上、校長、石崎

△ 井上站在瓜棚下，仰頭整理著瓜藤，扯掉枯敗的藤葉。

△ 瓜棚旁邊種了青椒、爬了一些番薯葉。兩塊榻榻米，倚靠在牆邊曬。

△ 背後有人聲，井上轉頭一看，是校長和石崎走了過來。他倆走到棚下，欣賞一朵朵黃色盛開的菜瓜花。

校　長：今年的菜瓜長得不錯，棚子都爬上了。

△ 石崎略矮的個子，兩撇八字鬍，握著軍杖。畢挺的領口透著威嚴，胸口別著一枚勛章銅釦，閃耀著。

石　崎：(對校長笑)你這個老師，不只會教書，種起菜來，比我所裡那些人加起來都能幹。

43

校　長：（笑）這個園子，去年兩個颱風連棚子都吹沒了，後來就變成堆肥。現在廚他有耐心慢慢弄。這年輕人能幹是沒有，勤快是真的。等瓜熟了，我叫他給大家送去，請大家享用。

石　崎：客氣、客氣。

校　長：（對井上）廳長最近會來視察蕃童教育，我剛剛先帶所長整個參觀了一下。

石　崎：我們這個村連了幾年都是模範部落，今年你們也要好好準備。

校　長：是，那當然。（對井上）對了，我後天要跟所長去臺北一趟。

井　上：校長的申請沒有批准嗎？

校　長：准了，不過還得補一些手續。

井　上：夫人什麼時候到？

校　長：順利的話，應該是下一季的船。

井　上：那太好了。

校　長：是啊，總算能見面。兒子也不在，留她一個女人在老家守著，也說不過去，還是兩個在一起的好。（嘆）我不像你們小伙子，光身一人，不用操別的心。不過說實在的，一個人孤單哪。

石　崎：這話不對。（笑）井上先生青年才俊，前途無量，這終身大事根本不用急。他是我們的蕃通，連臺北都知道，還特別交代我要盡力協助。

△井上有些尷尬，不知道要說什麼，木然地站著。

校　長：這什麼話？年輕人區區成就，不算什麼，哪像您上山下海的跟著總督打仗。

石　崎：欸，我哪敢和總督比啊？當年他衝著在天皇跟前承諾的「五年理蕃計劃」，七十歲的高齡，還帶兵親征。五年就是五年，一個日子不差，說到做到。他如期剿平了太魯閣，乾乾淨淨，這才有我們今天的太平日子。可惜在最後一戰受傷，回國覆命不久就逝世了。他，才是我們大和民族的真武士。（翹起大拇指）不過後生可畏，皇軍將來還指望你們這些年輕人。

井　上：對了，聽說頭目到東京觀光的事取消了？

石　崎：嗯，很可能，不過廳裡還沒正式來文。最近霧社那邊鬧得厲害，滿州那邊事又多，我看這整個計畫即使不取消也要擱置。

井　上：真可惜，他們如果能去，對未來的教育工作很有幫助。

石　崎：是可惜，嘿，我真是想親眼看看這些蕃人參觀我們野戰砲兵和飛行隊的樣子。（笑）嚇都嚇死他們。不過也無所謂了，到不到內地觀光其實也不重要，主要是他們歸順就好。你們老師，能教就教，不能教也沒什麼關係。就是把守法啦、衛生啦這些事教好就行。難道，你還指望這些蕃人替皇軍造船造砲？還是指望他們到戰場上衝鋒陷陣？

校　長：這你有所不知──蕃船蕃砲、蕃兵蕃將，所向無敵啦。

△石崎和校長一起大笑。

石　崎：年輕人有理想是好的，不過要能慢慢懂得真學問。這蕃地，除了植物、礦物、動物，還能有什麼？學術的東西，知道有這麼回事就行了。不然你以為我們大隊人馬，遠隔重洋來這高砂國作什麼？若只是作作學問，何必勞師動眾？你是聰明人，想一下就會懂的。

△石崎收了笑容。遙遙仰望著操場上旗桿。旗下繩索，在風中不斷拍打著旗桿，噹噹地發出聲響。桿頂高高飄揚的是日之丸國旗。

石　崎：統治就是統治。你記得我的話，千秋萬代，道理都是一樣的。

【第二十三場】

景：巡查宿所　時：午後　人：岩佐、巡查甲

△岩佐斜戴軍帽，一手拄著頭，邊拍掉身上的花生殼。

巡查甲：你這樣沒問題吧？

岩　佐：沒有問題！（醉著眼，嘻笑）所長不在，下個禮拜才回來，這幾天　　　　　我最大，算我放假。

巡查甲：（笑）是，長官，早點回去吧，再晚天要暗了。

岩　佐：催什麼催？（懶懶的揮手，又啜了一口品嚐）嗯，還是你這裡的洋酒好。

△喝過幾口，巡查甲又攙著岩佐回去。

岩　佐：別囉唆，喝了這碗就走人，行吧？

△他端起酒碗一飲而盡，便從長凳起身，理了理領口，重新勒正皮腰帶。

【第二十四場】

景：獵區森林　　時：日　　人：岩佐

△岩佐握著軍刀，邊走邊揮著圈，不時打起一些草屑。他趁著酒興，咿咿喔喔的哼著　一些歌謠。
△忽然一顆石頭飛來，砸在左額上。他警覺地觀望，沒看出任何異狀。

岩　佐：（揉了揉）怪事，真倒楣。

△又飛來一顆。這次正打了鼻樑，他痛得蹲下去，彎手一摸，黏稠稠的沾了血。大怒。
△岩佐撿起石頭，原來是片帶了稜角的岩屑。他見石頭丟來的方向，是岔出去的一條　茅草路，便抽出軍刀，朝路口的茅草亂斬。

岩　佐：畜生，是誰？

△吼了半天，全無動靜，只有草叢間一些嗡嗡的小蠅盤旋亂飛。
△眼前又一閃。這次他有提防，反射性的縮低了頭。石子從右臉颼颼掠過，沒打著。
△岩佐氣得發狠，把軍刀插回劍掛，攔腰掏出手槍，撥開了槍機保險。

岩　佐：不要命的狗東西，居然也敢來惹我。

△岩佐撥開茅草，小心翼翼的岔進了林子。

岩　佐：（聽到前方有穿行草叢的摩擦聲，獰笑）別想逃，逮到你了。

△岩佐邊追邊跑，微伏著頭。地上凹凹凸凸的全是樹根，不甚平穩。他踩住一段樹根，
　　蹬了上去。
△腳下的開趾膠鞋，一步步落在滿地半腐的濕葉上，留著淺淺下陷的足印。
△他太專注前方，完全沒有察覺到剛剛那一步被踢散的落葉堆裡，露出了一段鏽黑的
　　金屬。
△一隻灰褐的鳥，突然從旁邊唧啾地飛上樹梢，把岩佐嚇了一跳。

岩　佐：可惡，連鳥都來搗亂。

△前方的路跡變得模糊不明。

岩　佐：畜生，跑得真快！

△沒奈何，岩佐恨恨地轉身回去。
△走沒幾步，他慘叫一聲，摔了下去。
△暈了片刻後，他發現自己趴倒在地。一具獵山豬用的鐵夾子不偏不倚的咬在腿脛
　　上。夾口兩排鋒利的鐵牙，整個從爛葉間掀了出來。岩佐想提腳。才一動，痛得氣
　　力全散了。他勉強坐起，看到綁腿布上濕紅了大半，小腿肚還泌泌地滲血。
△就在這一刻，岩佐突然看見了生平最可怕的一幕。不知道哪裡來的紅頭大螞蟻，成
　　百成千，黑壓壓在腿上爬成一片。他嚇得狂叫起來，伸手亂拍。不想才一彎身，傷
　　口又連皮帶肉的給猛撕了開，他哇一聲支不住的翻倒。
△岩佐無力扳開鐵夾，又止不住血。這尋常的小林子，變得詭異。落日漸漸從林外收
　　去了光線。

岩　佐：（驚惶）救命啊！救命啊！

△他呼喊了半天，完全沒有回應。

△他瞥見掉在一旁的手槍,想出了辦法。他用手肘撐起上半身,咬著牙把槍勾了回來。他足足喘了半天氣,才湊足勁力把槍舉向天空。砰的一槍,聲音從樹林的覆蓋裡衝了出去,跟著又連開兩發。

△他吃不住痛,一柄槍從發顫的手中掉了下去。

【第二十五場】

景:獵區森林　時:日　人:岩佐、烏朗、井上、達哈、瑪卡、
數名巡查、族人

族　人:(OS)找到了,在這裡。

△岩佐被發現的時候,整條腿爬滿螞蟻,人像被劈開的杉木斜斜癱著。臉上的表情似笑似哭,傻傻地囈語,像是經歷了什麼可怕的劫難。

族　人:一、二、三——。

△鐵夾子被兩個人用力掰開,旁邊另外兩人把岩佐拉出來。
△岩佐受創的腿像尾巴一樣的垂在地上,拖在地上。
△周圍站著幾個巡查,臉色凝重。烏朗長老站在旁邊。

巡查乙:怎麼會有獸夾?
烏　朗:那也不知道放了多久,又不是放在路上。應該問岩佐先生怎麼
　　　　會跑進這裡?
巡查乙:有人陷害。
烏　朗:這不能亂說,在獵區裡亂闖,本來就危險。何況,我看他是喝
　　　　醉迷路吧!

△巡查一時語塞,幾人交頭接耳。
△一些手腳伶俐的年輕人,粗略綁了一付架子,把岩佐拉上去。
△井上脫了卡其服,用袖管牢牢的把岩佐的傷肢綁在擔架上。

△臉色蒼白的岩佐，沒了平日的威風，又是血污又是涕淚，迷迷糊糊不住的呻吟。

巡查乙：（威脅）這事我們會徹底查明。

烏　朗：是，我也會向所長報告。（眉毛一揚，招來兩個族人）來，把他送回
　　　　派出所。其他人沒事了，通通離開。

△觀望的族人看是受傷小事，一哄而散。
△長老見巡查走遠，有些懷疑的回頭看著躲在人群後的達哈。達哈避開目光，若無其
　事的低聲和瑪卡說話。長老一語不發，逕自走下森林。

【第二十六場】

景：獵區森林　　時：日　　人：井上、達哈、瑪卡

△森林恢復寧靜，只剩達哈和瑪卡靠著樹幹站立。
△鐵夾子上泛著晨露般的暗光。
△井上蹲在鐵夾子旁，伸手去摸，思索著，沒有出聲。
△忽然井上站起來，轉頭凝視達哈。

達　哈：（作勢相請）你先請。

井　上：這算是勇士嗎？

達　哈：什麼意思？

井　上：鐵夾子不稀奇，但是塗了糖的鐵夾子就很稀奇了。

△井上伸出手指，上面粘著稠稠的糖汁。

達　哈：是嗎？那又怎樣？

△達哈像是撞上一個卒然現身的敵人，眼中閃過攻擊的火花。

井　上：沒怎樣。（走到達哈面前）我只是要告訴你，如果你知道這是誰幹
　　　　的，就請告訴他，這不是什麼勇士行為。

達　哈：然後呢？

井　上：你不會希望我們日本人也這樣對你們吧？

達　哈：（反諷）你也知道日本人是怎麼對我們？

井　上：日本人怎麼對你我不想知道。我只想知道，你打算怎麼對人？

△ 達哈以對付巡查慣用的無表情、無話語的站著。兩人近距離的看著彼此，然後井上
　 轉身走去。達哈沒有出聲，任由他走。
△ 眼看井上就要離開視線，瑪卡用手肘頂了頂達哈。

達　哈：讓他走。（面目冷峻，注視井上的背影）敢作，就不怕他。

瑪　卡：可是……。

達　哈：不用怕，出了事情我負責。

△ 達哈低頭看著手掌中握著的石頭，忽然又一揚手，望著林外日已西下的地平線，遠
　 遠的拋出去。
△ 達哈眼底深處原先賁張的敵意，忽然變得空蕩蕩的。
△ 瑪卡不再說話，但有些不安的蹲了下來。

【第二十七場】

景：小米田　時：日　人：達哈、拉諾、族人

△ 村落上方的小米田。
△ 靠山壁一個凹處，有三、四塊石頭在地上堆成一落，旁邊成簇的蕨類長的特別高。
　 一管對半剖開的桂竹斜伸出來，搭在兩塊大石頭間。竹緣下引來一道細細的泉水。
　 水在竹管上流動，濺到小水坑上，清亮的響。
△ 幾個族人揮汗蹲著，輪流伸出手腕接水，也有人拿著一節竹筒喝。他們蹲開的小腿
　 肚上，沾了許多削斷的禾莖和藤蔓。

族人甲：（汗流浹背，轉著有些發僵的脖子）拉諾，你的草長得比別人長啊。

拉　諾：（無奈的拄著腰）是啊，我也很煩惱。

族人乙：別擔心，草長得長，小米也會長得高。

△ 幾個族人笑了起來。

達　哈：你以前不是說，小米是有靈魂的，會看，會聽。他知道你有努力，你是好人，不會讓你失望的。

△ 達哈把竹筒的水倒入口中，從嘴裡掏出一小節綠絨絨的草苔扔掉。

拉　諾：如果這樣就好了。

△ 一個人從田裡走來，手上拿著一段長長的葉芽。

族人丙：有蟲啊，你看，才長第二葉就生蟲。

△ 大家湊近了看。
△ 葉芽上有些咖啡色的斑點，邊上還有細細囓咬過的缺痕。

族人甲：是蟲沒錯。（斜眼）你最近有沒有做什麼對小米不敬的事？

拉　諾：（急）沒有啊！

族人乙：上個月才趕過蟲的……。

族人甲：是不是祭拜驅蟲的時候，你女人摸過這些刀？

拉　諾：沒有，那幾天我女人生病，整天都在家，怎麼會出來摸這些刀？

族人甲：那怎麼會這樣？別的田都沒長蟲，只有你的長。

△ 老拉諾無話可說，一臉茫然。

達　哈：不用想了。我們先把草除完，過幾天再來趕蟲，不就好了嗎？

△ 達哈又接了一竹筒的水傳給旁人。

△大家正議論紛紛，老拉諾忽然自己拍了一下手。

拉　諾：對，一定是這樣，一定是這樣。

△拉諾說完，就跑下米田。
△眾人有些疲累，沒人追他，全躺下來休息。
△隔了一會兒，老拉諾手上拿了幾張海苔紙回來。

拉　諾：就是這個。
族人乙：這是什麼？
族人丙：這不是日本人包米飯的紙嗎？
拉　諾：對啊。
族人丙：你怎麼有這個？
拉　諾：學校老師送的，叫我讓女人先吃。他說下個月隔壁村會有軍醫
　　　　來，要我帶她去檢查。
族人乙：你女人怎麼了？
拉　諾：她脖子不是長了一塊嗎，像鳥肚子一樣，一直喊痛。
族人甲：這紙有什麼用？
拉　諾：哪裡有用？女人吃了也沒什麼用。而且，一定是這個害小米長
　　　　蟲的，這種東西和漢人的米一樣，都是不祥。
族人丙：這東西不好，拿去還啦。
拉　諾：對，對，把這個害人的東西拿去還他。

△拉諾在鼓譟中與幾個人一起離去。
△達哈和留下來的人躺著說話，計畫接下來的農事。一會兒，他忽然覺得有些不安，
　就跳起來也跟了去。

【第二十八場】

景：公學校的操場　時：日　人：校長、井上、達哈、拉諾、族人、孩童

△拉諾和校長對面站著，原本在教室上課的孩子都在走廊上看。
△海苔紙散在地上，被風微微吹著跑。

校　長：（揮手）好啦，不要就算了，走開吧。（對井上）下次別多事了。一
　　　　群迷信的笨蛋，真是無知，不可理喻。

△拉諾懂得日語不多，聽到校長像在罵他，便轉頭詢問同伴。同伴也聽不太懂。
△井上彎身在撿，身旁一個學童也幫忙在撿。

井　上：（停下手，對學童）大脖子是病，記得要叫媽媽去醫生那裡，懂嗎？

△學童點頭。
△拉諾一手把學童拉回來，搶下海苔抓在手裡。

拉　諾：我們不要這種不祥的東西。走，我們回家。

△學童表情害怕，不敢違逆的靠著拉諾。
△井上蹲在地上，沒有出聲，恰好和達哈目光相接。
△達哈感到井上失望的眼神，便走向拉諾。

達　哈：東西還掉就好了，這跟小孩沒有關係。走，我們回去工作吧。
拉　諾：（餘怒未消）壞心的人，害我的小米長蟲，從來沒有碰過這種情形。
達　哈：算了，小孩上小孩的課，我們種米去。
拉　諾：上課做什麼？還不如來幫忙，我收成還好一點。
達　哈：他能幫什麼忙？刀子都還拿不穩。這樣吧，如果你收成不好，
　　　　到我家來，我今年的分你。怎麼樣？
拉　諾：不用啦，我只是……。
達　哈：算了，你都還他了，還理他做什麼？

△拉諾聽達哈這麼說，不好再發脾氣，悻悻然轉頭而去。

△校長看人走了，便回頭趕著學生進教室。

△操場上剩下井上、達哈兩人。

達　哈：（哼聲）你很愛管我們的事。

△達哈把拉諾的海苔交還。原本一疊正方形的苔紙，碎裂了一大半。

井　上：如果不去看醫生，那會死的。你要勸拉諾。

達　哈：好吧，你真是不死心。

井　上：（行禮）謝謝。

達　哈：不客氣。

井　上：不是……。

達　哈：嗯？

井　上：不是我要向你道謝，我是替那位母親向你道謝。

達　哈：（注視）哦，你也是醫生嗎，那麼有把握？

井　上：我不是醫生，但這種病我在其他地方看過，應該不會錯。

達　哈：如果錯了呢？

井　上：錯了？（頓了頓，微笑）那你就要損失不少米了。

△達哈放聲大笑，提防的心一鬆，與人作朋友的天性油然而生。

達　哈：（笑）我們好像應該歡迎你。

井　上：歡迎我來教書？

達　哈：不，歡迎你到我們的部落。

△井上會心，意帶感激的伸出右手。達哈沒有握手，卻握拳走上前捶了一下井上的胸口。

達　哈：你還不知道我們的習俗嗎？手，是對敵人的。心，才是對朋友的。

△達哈轉身離開，井上目視其背影。

達　哈：(走了幾步，又回頭喊）如果你不敢上山，可以來找我。

△井上笑著道謝。
△他看著天空，一些舒捲的雲，微微向海的方向飄動。藍天，變得更加寬闊明亮。

【第二十九場】

景：公學校的教室　時：夏日　人：井上、依娜

△樹上的蟬，啞著嗓子繼續嘶鳴。
△井上在教室裡批改作業。桌上一落簿子，十幾本整齊地疊著。

依　娜：你在寫什麼？

△井上正專心想著，忽然驚了一下。
△依娜沒想到會嚇到他，直說抱歉。

井　上：沒關係，我沒注意到妳來了。
依　娜：還在改學生的作業？啊，你怎麼用這麼多鉛筆？

△桌上長長短短並排了許多鉛筆，每一支都削的非常尖。

井　上：你猜猜看，學生作什麼事情的時候最得意？
依　娜：上體操課嗎？

△井上搖搖頭。

依　娜：唱歌？畫畫？
井　上：你一定猜不到。
依　娜：難道是算術？
井　上：不是，就是削鉛筆。

依　娜：削鉛筆？

井　上：他們有一次看到我在削鉛筆，全都看著我，偷偷的講話。一個學生來說了半天，我才聽懂是嫌我太差。他當場示範給我看，像這樣。（拿起鉛筆，在桌上轉著筆尖模擬那天的情形）果然，他削的又快又好。結果其他人也爭著要作。居然都削的很好，真的是我最差。

依　娜：（笑）喔，對啊，我怎麼沒想到？我們每天要削柴嘛。

井　上：沒錯，他們削鉛筆就像在削柴，好像要準備起火。（笑）大家都很得意，好像在說「這是哪裡來的人，連削木頭都不會」。現在鉛筆都是他們削的，（手指著）這些都是。

△依娜拿起一支鉛筆，摸著削尖的前緣，覺得小孩真是可愛。

井　上：（拿起桌上兩張紙）你想不想看他們畫的圖？你看。

△依娜接了來看，紙上直直斜斜地塗滿鉛筆痕。一張是跑得全身拉成細線的水鹿，飛翔在樹木上，天空壓著圈圈圈不止的黑雲。另一張是人像，頭上插滿比身體還長的羽毛，頭髮張得像全開的花，腿上畫了太陽和月亮。

依　娜：很有趣啊……。

井　上：這都不是我教的，是學生自己畫的，比「圖畫帖」裡印的圖還好看。本來我都發給他們。後來，一個爸爸拿了檳榔來送我，就是用兒子的圖畫紙包的。我覺得可惜，就通通收起來不發了，等哪天學生長大了再看，一定很有意思。（指著牆壁）妳看，那邊還很多。

△依娜覺得好奇，於是走進教室。井上跟在後面，不自覺看著她的背影。
△牆壁上釘著很多畫，每張下面都貼了學生的名字。畫的內容什麼都有：比山還高的芭蕉樹、火焰裡小人拉著小手在跳舞、瘦長的腳丫把竹屋架到雲上、蝴蝶和小魚一起住在山洞、雷雨天中大老鼠追小山羊、蟲在夜裡偷咬小米穗……這些畫，讓依娜想起幼時心情，不由得邊看邊笑。

△井上站立一旁，卻沒在看畫，心思慢慢的溜到另一處，悄悄看著她。

依　娜：你真是好老師。我也想當你的學生呢！

△井上把眼光移向圖畫，怕被看穿心思。
△依娜從斜揹的袋裡取出一只小麻袋，遞給井上。

依　娜：這是給你的，上次說要送你。

△井上低頭看，是一個網袋。袋面上，對稱的斜紋橫排一列。很精巧的織工。他覺得
　　心裡暖熱熱的，伸手接過袋子。
△就這一刻，井上也拉住了她的手，掌貼著腕，有些不自然的看著她。
△依娜有些意外，覺得困窘，卻沒有拒絕，靜靜讓他握著。許久，她才收了手。

依　娜：對不起，我回去了。

△井上怔怔看著依娜的離去。

【第三十場】

景：清朝古道　時：日　人：達哈、井上

△蓊鬱的灌木林。
△林子中間清晰可見一條平整的土徑，向著前方山頭緩緩延伸。

達　哈：（OS）這應該就是你問的清國路。

△達哈和井上向前走去，停在山稜急降的地方。
△土徑沒有順著山稜走，而是側到左邊開始之字型的彎轉。這一路下坡全是堆砌平整
　　的石階路，足足有六尺寬。

井　上：沒錯，這是清國政府修建的山道。

達　哈：(指著前方)跟著這條路翻過前面的山,然後直直下溪,過溪後就
　　　　可以上到最高的大岩山。從那裡走一天,就可以出前山的新高郡。

井　上：你去過嗎?

達　哈：以前和頭目走過。不過大岩山是獵區的界線,平常族人都不會
　　　　越過。而且這種路對我們沒有用。

井　上：為什麼?

達　哈：這種山幾步就過去了,為什麼要在下面繞?這是給山下漢人走的。

井　上：(笑)說的也是。

△井上邊走邊看,停在一處澗水流經的溪溝,山道在此橫過,上下砌有護坡。他伸手
　去推這些疊成人字的板岩片,仍舊相當穩固。

△(情景疊化)清兵修築景象:識途的探子指引方向,將領在前面督工,民伕往來取
　水、挑著敲好的石塊逐面疊起駁坎。旁邊有人揮鋤削平突出的岩角土塊。哨兵前後
　護衛著。與【序場F】的景象配合。

井　上：書上說清國政府動用了上千人才建成了這條路。

達　哈：是嗎?(看著路的蜿蜒,突然想到)你們日本人,也會像漢人一樣
　　　　愈來愈多吧?

井　上：(遲疑了一下)我想是的。

達　哈：井上,你來這裡,把小孩都教成日本人,這樣有什麼好?

井　上：我不是把他們教成日本人,我是教他們認字讀書。能讀書,就
　　　　能學到許多新東西,長大了也可以改善生活。

達　哈：(不屑)改善生活?

△達哈自顧走去,井上隨之跟上。

達　哈：除了炸山、砍樹、抓人,你們還有什麼生活?

△達哈從腰間抽出佩刀,削斷一段橫在面前的刺藤。

△幾隻鮮綠的五色鳥,合著長喙,藍色的細頸子微微起漲,發出「口叩口叩」的聲音。
　鳥本來立在樹上,被垂落的斷藤震了一下,波浪般的全飛了出去。

井　上：(一時語塞)那你呢，繼續打獵能改變什麼？這種生活能維持多久？

達　哈：維持不久又怎麼樣，我就是不想過你們的生活。

△達哈一個箭步，跨過斜倒的樹幹，滿覆的銀蕨翻得亂白。

井　上：你討厭我們？

達　哈：是你們討厭我們吧。井上，不是每個日本人都像你一樣。

井　上：所以你常常和巡查起衝突？

達　哈：如果他們不欺負人，我也不會動手。對了，我一直還沒問你，岩佐的事你怎麼不去舉報？

井　上：舉報了能改變什麼嗎？不過達哈，你要知道，巡查和我們老師一樣，都是公務員，也是聽令辦事，維持秩序而已。

達　哈：維持秩序？不是吧，你太天真了。(大不以為然)巡查只有兩種。一種是殺人的，叫你害怕，叫你聽話，不然就當山豬射。還有一種是害人的。故意打亂獵區，工作分配不公平，讓我們和別的社、別的族起衝突，然後等著兩邊報仇。一旦真打起來，結果呢，輸的流血，贏的一樣沾血。(恨恨)沾了血，兩邊的仇結得更深，更要靠你們保護。頭目就是這樣才歸順的。你懂了嗎？這就是秩序，你所說的維持秩序。

△井上聽得一陣寒。

達　哈：我們是打不過。春天一來，我們要撒種、除草，然後怕沒有雨、怕收成不好。一錯過了時間，就沒有東西可吃。你們不用，你們的食物比山還高，比槍還厲害。(凝望腳下開闊的溪谷)沒錯，一切是要變了，未來還不知道會怎麼樣。不過樹可以砍走，槍可以收走，但土地是搶不走的。只要我們住在這裡，總有一天要走的是你們。

井　上：達哈，不是每個日本人都像我，也不是每個族人都像你。你能生存，那其他人呢？未來，不只在山裡，也在學校裡。我們有

　　　　一天會走，但之後呢？教育，才能讓你們找到未來的路。這也
　　　　許成功，也許失敗。但是不教不學就沒有機會，你們只會繼續
　　　　慘敗。以前，是敗給日本。以後，是敗給你們自己。至於過去，
　　　　你只能讓它過去，忘了吧。

達　哈：忘了？你說的真簡單！怎麼忘？你告訴我怎麼忘？你受過什麼
　　　　侮辱？如果你沒有受過侮辱，憑什麼這樣說？你講的，全是對
　　　　那些沒有受過痛苦的人說的吧？井上，你懂得被欺負的感覺嗎？

△井上啞口無言。

達　哈：不說這個了，每次一說就變成這樣。反正你也不會是我，我也
　　　　不會是你，我們不一樣。晚了，快點把獵物收收吧。

【第三十一場】

景：清朝古道　時：日　人：達哈、井上

△轉出溪谷，刺眼的亮了起來。
△兩人又踏在一段細心開鑿的山道上，以非常緩和的坡度向著溪邊下降。這段清路古
　道，遇崖有棧橋、稍陡處就鋪有石階。工事相當細膩，許多處甚且寬達十二尺。一
　些山稜邊上的險彎，石階還作了平整精緻的扇形轉折。
△沿途的一處溪溝，靠山壁處夾住一隻藍腹鷳。胸翼深藍，背羽亮白，像是剛套住不
　久，腳還不時收舉地想掙脫。

達　哈：我到前面去看看抓到什麼，這一隻給你處理。

△達哈講完話，轉身就走得不見蹤跡。
△一會兒達哈回來，井上看他空著手。

井　上：沒有抓到嗎？
達　哈：（自信）我的吊子怎麼會抓不到？是我把他放了。

井　上：放了？

達　哈：一隻小的果子狸，只有這麼大。（用手比劃）這麼小的動物，我們是不抓的。咦，那你的呢？

△吊子裡絆住的藍腹鷴沒了。

井　上：也放了。

達　哈：放了？

井　上：我仔細看過，那隻藍腹鷴和上個月抓的是同一種。我們做研究，同種只抓一隻。

達　哈：（愣了一下，笑）我打獵從來不空手，今天和你井上是第一次。

【第三十二場】

景：依娜竹屋外　時：日　人：達哈、瑪卡、孩童

△依娜的竹屋。

△竹屋外圍長了許多大樹，還有幾株檳榔、芭蕉。

△一棵斜垮的檳榔樹，把屋後原本綁齊的桂竹面頂都壓彎了，達哈、瑪卡先把卡住的枝葉一一砍斷，再合力把樹推正。

達　哈：幸好沒有打壞房子，打壞就麻煩了。

瑪　卡：對啊，我那邊比這個更糟，被風吹的半垮。

孩子甲：（OS）樹是歪的。

△幾個孩子走過，忽然朝著這裡大喊。

瑪　卡：（抬頭）亂說，樹已經扶正了。

△瑪卡繼續折落幾段禿禿的枝椏。

△孩子紛紛嚷著，都走到樹邊，指指點點地議論起來。

孩　子：（齊聲）樹是歪的、樹是歪的。
達　哈：樹本來就是這樣子的。

△達哈將一堆砍下來的樹枝堆成一落，準備起火燒掉。

孩子甲：老師說，（突然用日文說話，學著老師的語調）樹，是堂堂正正的檳
　　　　榔樹。人，是堂堂正正的日本人。
瑪　卡：（覺得孩子可愛，起了玩性，抬槓起來）誰說的？
孩子乙：井上老師說的。
孩子丙：樹要修枝、人要修身。

△孩子七嘴八舌地叫嚷。
△一個孩子像軍人般的，邊說邊立正，昂挺了胸，雙手平貼腿側。

孩子甲：你看，我是正的，你的樹是歪的。

△其他孩子看到，都作出了同樣的姿勢，像一齊在教室裡練習那樣。孩子沒耐性，幾
　　秒不到，全笑了出來，轉頭又全跑開。

孩　子：（OS，齊聲）樹是歪的——。

△遠遠還傳來孩子不服氣的聲音。
△瑪卡起了火，把枯枝燃起。還有點濕的殘枝，冒起一股嗆鼻的濃煙。
△兩人讓到上風處，閒閒蹲著。
△瑪卡不自覺地多看了剛扶正的樹幾眼，果真愈看愈歪。

瑪　卡：嘿，樹也要堂堂正正？（問達哈）你看這樹有堂堂正正嗎？

△達哈聳聳肩，做了個鬼臉。
△火變小了，只剩下一些濕活的樹枝還在火焰中滋滋冒泡。
△達哈又抱起幾堆散落地上的碎枝葉，丟進餘火裡。瑪卡在灰燼中挑動了幾下，火苗
　　呼一下再度跳高。

【第三十三場】

景：依娜竹屋內　時：日　人：達哈、瑪卡、依娜

△ 達哈拍掉粘在身上的碎末和飛灰，踏進竹屋。

達　哈：（大聲喊）好了。依娜，你的樹扶好了，不知道還能不能活？要是
　　　　死了再來移走。

△ 依娜在後面應了一聲。
△ 依娜從甕裡慢慢的倒了些小米酒到一只陶罐裡，然後用芭蕉葉蓋上罐口，繫上麻線。
△ 依娜捧著陶罐出來，給了瑪卡。

依　娜：來，這個送給你。
瑪　卡：這是什麼？
依　娜：燻肉和鹹魚，剛作好的。
瑪　卡：喔，真好，謝謝。

△ 她看兩人身上都汗涔涔的，便拿了木條把窗架頂出去，讓涼風吹進來。

達　哈：那我的呢？

△ 達哈咧著嘴笑，大喇喇的伸手也要。

依　娜：（搖搖手）你沒有啦……。

△ 正說著，依娜忽然看到他身上的短衣勾破了一段，脅下的布摺鬆垮，垂著線鬚。她
　　於是走到達哈身邊，一下把那短衣從肩上拉褪了下來。
△ 達哈和瑪卡同時喊了一聲。

依　娜：那我送你一件衣服好了，去旁邊等。

△ 兩人聽話的窩到藤床邊蹲著。瑪卡打開陶罐，分達哈嚐著味道。

△一會兒依娜走來，遞了他們一人一個碗。碗裡幾片葉子，濕漉漉的，剛用水燙過。

依　娜：吃吃看吧，這是茶。
瑪　卡：茶是什麼？
依　娜：你不懂啊？茶是日本的野菜。

△依娜無心應了一句，回頭去繼續縫衣。
△兩人有些猶豫。達哈先拎了幾葉往嘴裡塞，瑪卡也跟著抓了一把吃。

瑪　卡：（嚼）沒什麼味道。
依　娜：好吃嗎？
達　哈：（揚了揚眉頭，毫不遲疑）好吃。

△依娜聽著，忍了一下，放下短衣，止不住地笑了起來。兩人一臉迷糊。
△達哈像看穿什麼似的，大步走了過去，攔腰就抓。

達　哈：你騙我對不對？
依　娜：（笑著閃躲）你自己說好吃的。

△達哈追了幾下，大手一攔，把依娜拉進懷裡。
△竹屋開敞的窗，被震得落合起來。

達　哈：說，怎麼回事？是不是騙我？
依　娜：那……那個……那才是茶。

△依娜笑不止的、指了角落地上另外兩碗盛著淡綠色的水。
△達哈知道上當，想搔癢嬉弄她，依娜笑嚷著不要。
△合起的窗把屋內遮暗了，世界像被關在外頭。只剩下細長的日光，隔著竹牆縫隙灑
　進來。
△這一瞬間，達哈覺得她好美，停住了，直盯盯地看著她。
△她長長的頭髮，亂亂地落在脖子上，有一種他從沒見過的樣子。她沒再掙脫，像匆
　忙才跳過草叢的野兔，只是大著眼睛看他，胸口喘喘的上下。臂彎裡這個熟悉不過

的人，好像突然變了。不只是個從小會安慰他，讓他覺得不孤單的親人，還是一個
讓他心裡砰砰跳的青春少女。

△達哈忽然想起勇士的神話，希望就這一刻化成山壁，和美麗的大草原永遠合在一起。

△山壁與草原的全景。

【第三十四場】

景：公學校的宿舍　時：日　人：井上、依娜

△（OS）敲門聲。

依　娜：（OS）井上。

△井上前去應門。

依　娜：今天覺得怎麼樣？
井　上：好多了。（摸前額）好像已經不燙了。請進。

△依娜走到窗邊，撥了布簾，把格子窗拉開，一大片亮白的光投了進來。
△井上煽起炭火，加熱茶壺。
△依娜把帶來的一些毛柿和樹豆，逐一擺在竹几上。

依　娜：以前我們生病時，老人就會叫我們多吃這種吉祥的水果和豆
　　　　子。你也試試看。
井　上：（邊煽著火）這幾天謝謝妳的照顧。
依　娜：（撥去柿子的蒂頭，拍掉表皮上微沾的沙粒）是我自己想來。看到你病
　　　　好，我心裡才放心。

△井上怔怔的煽著火。歡喜與疑惑，在內心翻攪。
△屋裡靜悄悄的。時間，像榻榻米上的日影停在那兒。
△一聲壺嘴疾響，水好了。井上提來茶壺。

井　上：上次給你的茶喜歡嗎？

依　　娜：（笑）嗯。

△井上慢慢在茶碗中倒入沸水，緊細卷曲的葉子隨之暈轉。

井　上：妳喝喝看。這是我母親從日本寄來的綠茶。

依　　娜：你一個人在這裡，你媽媽一定很擔心。

井　上：是啊。

依　　娜：你父親呢？

井　上：我小時候他就戰死了。

依　　娜：那她不就是孤單一個人了嗎？她一定很想你。

△井上無言以對。

依　　娜：你為什麼要離開日本？

井　上：逃避吧。

依　　娜：逃避什麼？

井　上：戰爭。我討厭戰爭。在這裡至少不必打仗，而且有事忙，有很
　　　　　多研究工作可以作。

依　　娜：（笑）你上次不是說，我們這裡是禁忌的王國？你難道不討厭？

井　上：對不起，我沒有嘲笑的意思。

依　　娜：喔，無所謂，那是我們的生活方式。日本，一定也有日本的禁
　　　　　忌吧？

井　上：有。

依　　娜：你都相信嗎？

△井上搖頭。

依　　娜：有時候我也會想，老人說的善靈惡靈、幸運厄運，這些事到底
　　　　　是不是真的。後來我懂了，重要的不是你信什麼，而是你做什

麼，怎麼做。是不是真的對別人好？只有信沒有做，相信也是
沒有用的。

△井上驚訝的看著依娜。

依　娜：人真是奇怪。我們走不出這片山谷，你卻要跳進來。（搖頭）不，
　　　　你無法逃的。每個人都是一尾小魚，長大了，都要游回自己家
　　　　鄉的溪。你也一樣，也要游回去的。
井　上：為什麼？
依　娜：你的親人都不在這裡，你怎麼可能沒有他們而生活？你總是要
　　　　回家的。
井　上：（衝口而出）我寧可留在這裡。

△依娜正想再說，從窗子看到校長漫步從隔壁走來。

依　娜：校長來了。

△校長怕熱，夏日午後，都是一件汗衫。
△依娜走了出去，在門口和校長禮貌的問候。

校　長：依娜，妳又來幫忙了，真是煩勞妳。（手裡拿著鋁盒便當，又擦了擦
　　　　汗）唉，多虧有妳照顧。他這種不大不小的病，我實在也不曉得
　　　　怎麼辦？妳看，我太太身體也鬧不舒服，就只準備了這個便當
　　　　來。（晃了晃便當）
依　娜：田裡的事剛結束，我順便拿了些水果來。

△三人又閒聊了幾句。井上和校長在門口看她走遠。

【第三十五場】

景：公學校的宿舍　時：日　人：井上、校長

校　長：你看起來比前幾天好多了。

井　上：謝謝您關心，讓您擔憂了。

校　長：幸好不是染上瘧疾，這裡衛生條件差，真病了也費事。來，這個給你。這是上次去花蓮時，在吉野神社求來的，聽說很靈驗，你帶在身上，好歹保個平安。

△井上低頭看，是一個香袋。（特寫）袋子上面有「厄除御守」四個字。

井　上：謝謝。（把御守收在懷裡）您剛剛說夫人怎麼呢？也病了嗎？

校　長：有點水土不服吧，也可能是天氣太熱。我想休息幾天就好了。

井　上：夫人還習慣這邊的生活嗎？

校　長：住就住了，哪有什麼好不習慣，就是想家。我也想家呀。要不是這裡能多賺一些錢，誰願意到這種地方來？

井　上：（笑）校長一定是太嚴厲了，難怪夫人這麼快就想家。

校　長：不是我。（搖頭）唉呀，其實也不是想家，是想兒子。兒子徵召上關東軍去了。最近她老作惡夢，夢到兒子全身血淋淋地哭。我們就一個獨子，按規定本來可以不去。可是他堅持要報效國家，我們也不好阻攔。結果到現在，連一封家書也沒收過。不過說真的，最好是都沒消息。沒消息就是好消息。

井　上：關東軍……。

校　長：你爸爸不也是嗎，後來就沒回來了？

井　上：嗯。

△井上把玄關處的炭火拿到門口廊下，兩人才轉身走回榻榻米上。校長在竹几上解開盒子上的麻繩。

校　長：你餓了沒？便當趁熱吃吧。

井　上：我也剛睡醒不久，還不餓。

校　長：怎麼會不餓呢？都這麼晚了。快吃，快吃。吃了才有體力。

△井上於是拿起筷子，夾了些醬瓜、毛豆，拌飯吃了起來。

校　長：（拿起竹几上一顆毛柿）這是依娜送的啊？
井　上：是，要不要帶幾個給夫人品嚐品嚐？
校　長：不了，她沒吃過的東西都不敢碰。（停了一下，看井上扒了幾口飯）
　　　　井上，你又勤奮，又能吃苦。文是文，武是武，將來一定有你
　　　　的發展。其實我看你，就像看自己兒子一樣親。不過很多事，
　　　　不是你們年輕人想得那麼簡單。這三言兩語之間也說不清楚。
　　　　即使說清楚了，你們也不見得聽得懂。總之，現實的東西和學
　　　　術書本是不一樣的。（顯得語重心長）那個依娜，好像幫你很多忙。
井　上：是啊。前些時候進行的慣習調查，都是靠她口述，我再一點一
　　　　點記錄下來。很多東西我也不懂，沒有她幫忙，這類的土俗研
　　　　究也很難進行。
校　長：（搖頭）我不是說這個。我是說，她對你好像很好。

△井上聽懂了，停下口，但沒有作聲。他不知怎麼回答。

校　長：（托托鼻樑上的眼鏡，不覺提高了聲量）說句真心話，你也別怪我多
　　　　心。你最好不要和那些蕃人走得太近。她再好，也是蕃人。說
　　　　是皇民，到底不是咱們日本人。蕃人開化不久，骨子裡還很野
　　　　蠻。依我看，和蕃人還是保持距離的好，說不定哪天就給砍了
　　　　頭去，還不知道怎麼回事呢？
井　上：謝謝校長提醒。我覺得他們都很友善，不會危險的。
校　長：小心一點好。你看那霧社，還不是什麼模範蕃社，宣傳的日本
　　　　上下都知道。哪曉得才一夜就變了樣。我就不明白，歸順有什
　　　　麼不好？他們就真的想天天在山裡打獵，過著有一頓沒一頓、
　　　　半人半獸的生活嗎？歸順了，吃的改善、用的改善、衛生改善，
　　　　連命都活的長了，這哪一點不好？

井　上：不過，我覺得用戰爭來開化不好。

校　　長：說的也是。（嘆）戰爭這東西，講起來是民族大義、慷慨激昂，
　　　　　只有落到頭上才會害怕。等自己兒子上了前線，更是提心吊膽，
　　　　　不是個滋味。

井　上：校長您放心，滿州雖然緊張，也還不一定打嘛。

校　　長：（搖頭不想再談）我該走了。總之，我們孤身在這蕃地，要多小心。

井　上：是。請代我向夫人問好。

校　　長：飯趁熱快吃，中餐都成晚餐了。

△校長起身離去。

【第三十六場】

景：公學校的宿舍　時：日　人：井上

△吃完便當，井上走到廊前，靠著廊柱仰望。
△午後的天空，藍得更加燦爛。草地上盛開的蒲公英，一片團絮，迎著風飄起游絲。
　天空孤單的飄過一朵雲。
△他伸手摸著自己的臉，指腹摸過額頭、眉毛、眼睛、臉頰，想像是生病時依娜觸摸
　著自己。
△（回想著）她的手指修長，有幾處被茅草劃傷的痕跡。鏡頭轉入依娜的身影：依娜
　在小米田裡笑著，陽光曬著她後頸的樣子。
△他莫名的惆悵起來，便拿出隨身的口琴幽幽吹著。

【第三十七場】

景：頭目住居　時：日　人：頭目、烏朗、依娜

△石板屋前落了一大叢榕蔭。
△屋內頭目和烏朗正在議事。

頭　目：去年前山的霧社攻擊日本，死了上千人。帶頭的頭目莫那魯道
　　　　至今下落不明，不知是生是死。南投廳還在到處搜捕，所以港
　　　　廳這邊也加派了巡查，嚴密監視我們各社的行動，已經抓走不
　　　　少人了。尤其是從霧社、能高過來到銅門這一線，日本人懷疑
　　　　莫那魯道是趁亂逃到後山，所以一些當年剩下的太魯閣部落又
　　　　被強迫遷移，準備搬到我們南北各社之間。

長　老：我也聽人說了，這事看起來是很不尋常。不知道這次日本人又
　　　　會弄出什麼事？

頭　目：嗯，這事現在還只是聽說，我們只要小心就好。不過因為這樣，
　　　　今年的祭典，我想請所長他們都來參加，免得他們多疑心。

長　老：祭典向來沒有讓外人參與的先例，這樣好嗎？

頭　目：暫時也顧不得先例了，這樣做對族裡最安全。到時候你就說腳
　　　　痛不參加祭舞，全程陪著他們，免得族人生事。

長　老：依娜那邊……。

頭　目：好，就照你說的吧。

△屋外，依娜一人站在蔭濃處。幾股突起的盤根，撐拱了原本平整的地面。她踩了踩，
　石板戛戛擦響。
△頭目和烏朗一齊從石板屋內走出來。長老仍低頭和頭目講著話，頭目卻看著依娜，
　表情嚴肅。

頭　目：依娜，族裡有你幫忙和日本人溝通，真是太好了。

依　娜：所長准了祭典的日期，希望今年一切平安。

△頭目點點頭，沒有再說話，轉身進了屋子。

【第三十八場】

景：竹林上的空地　時：日　人：烏朗、依娜

△長老與依娜走出屋前的林子。

依　娜：長老，如果沒有別的事，那我先回去了。
烏　朗：呃，（兩手背在腰後）依娜，我帶妳去一個地方。
依　娜：什麼地方？

△長老沒有講明，一瘸一瘸的繞過小山坡，直往上走。依娜不敢多問，只跟在長老身
　後，走進山坡後的一片桂竹林。
△林子許久沒人走過，迎面結著許多的蛛網，地上覆滿厚厚的竹葉。不少傾倒的竹子
　交錯著，雜枝橫絆，得從縫隙間鑽。長老行動不便，走來有些吃力。依娜慢著步伐
　低頭跟著走。
△竹林上頭一塊空地。空地位置雖然不高，但恰好是在一段尾稜的突出點，展望很好，
　遠遠可以看得到派出所和下方的山谷平原。邊上長著幾株修長的木油桐，垂著泛黃
　的秋葉，和空地禿禿的黃土一個色調。

烏　朗：依娜，你知道這是哪裡嗎？

△依娜四顧，搖了搖頭。

烏　朗：妳大概是不知道的。（倚坐在一塊石頭，雙手拄著膝蓋，長吐了一口氣）
　　　　這是我們當年發誓的地方。
依　娜：發誓？
烏　朗：嗯……（目光有些渙散，語氣沉緩）你知道十八年前那場戰鬥嗎？

△依娜點點頭。
△長老遠遠下望派出所外的國旗。
△故事至此，轉入大正二年（1913）、三年有關太魯閣的事件中。自第三十九場起，
　至第七十四場訖。

烏　朗：那年收成很差，派出所裡突然來了一個叫永田的隊長。他說日
　　　　本被攻擊，死了三個巡查，提議要合力進攻……

【第三十九場】

景：頭目舊住居　時：大正二年（1913）夜　人：頭目、博庫斯、烏朗

△平台上有間寬敞的屋子。屋內透著通紅的火光，映著窗外老榕下的頭骨架。

△架上橫了幾排灰磷磷的骷髏，上下分層，一個挨著一個，間隔著石板。

△門口處懸著鹿頭骨和一對山豬獠牙，下面掛著山刀。側邊有幾塊灶石，雜放著劈好的乾柴，中間隆隆地升著一堆火。

△四面竹壁，落著偌大的影子。（遠景、俯角）三個人圍蹲在中間的沙地旁，面色凝重。

博庫斯：我們不是已經立誓永不出草了嗎？

烏　朗：那是跟日本人立的，不算數。

博庫斯：立誓就是立誓。跟祖靈立，跟日本人立，都是一樣的。

烏　朗：哦，是嗎？今年收成這麼差，好多人不明不白的病死。這只有舉行人頭祭，才能趕走惡靈。今天就算是老頭目活著，也會這樣作。還是你覺得你有辦法，祖先的辦法不好？

博庫斯：如果能夠用活人的力量活，何必再靠死人？窗外那些人頭，真的讓我們收成變好了嗎？真的讓我們都不生病了嗎？

烏　朗：這些話你對巫師去說，不必對我說。

博庫斯：我就是要對你說，你也明白的回答我。我們一刀一刀砍回來的頭，到底換出了多少小米？有多少用處？如果人頭這麼有用，那大家也不用整年忙了，我們每年就準備出草就行。前年收成不好，我們也出草了，後來呢？還不是多打了一些鹿，然後才換了米回來。

烏　朗：沒有人頭祭，你就打不到鹿。

博庫斯：也許是，也許不是。但不管是不是，我們從現在開始，都可以學漢人，想辦法多種，收成好就多存。也可以多捕魚多打獵去換，這些事都不需要人頭。

烏　朗：博庫斯，你變了。

博庫斯：你砍了別人一個頭，別人就回來砍你兩個頭。到最後我們砍的，其實就是自己族人的頭，對不對？我是變了，我厭倦砍來砍去。

烏　朗：你是我們族裡的勇士，怎麼會這樣說？（指著他的臉）你忘了你臉上的刺紋是怎麼來的了嗎？

博庫斯：出草就是勇士嗎？好，我們出草，那我們和太魯閣的協議怎麼辦，你對瓦拉比怎麼交代？

烏　朗：（冷笑）是嗎？那他們上次出草怎麼說？

博庫斯：那是意外，不是出草，瓦拉比不是親自帶了巴托蘭的頭目來道歉了嗎？這事已經講和，何必重提？

烏　朗：他一句話，我們一條命。

博庫斯：不然你打算怎樣？這是為了兩族和平。

烏　朗：（板著臉）那他們現在又侵入我們的獵區，這怎麼說？

博庫斯：那是日本說的，我們沒有親眼看見。而且這幾年……

烏　朗：（打斷）難道我們得天天派人在森林裡盯著看，還是又要等到有人被砍頭了才算看到？

博庫斯：這事萬一弄錯，不是要鬧成兩族開戰？還有，日本要找這麼多人去，這不是出草，這是去尋仇。這幾年我們互不相犯，相安無事。現在一出草，以後怎麼談？

烏　朗：這我想過了。我和那個隊長說得很清楚，我們是去出草，不是去戰鬥。他很爽快，當面就答應了，還說這次若能合作成功，除了小米的犒賞之外，今後打獵的槍枝彈藥都可以報准借用。（指著地上兩把嶄新的獵槍和幾排彈鏈，得意）你看，這些東西，就是他希望合作的誠意。這還只是見面禮。博庫斯，說得明白些吧，日本人有槍有米，和他們合作對族裡才有利。何況，驅除惡靈，本來就要出草。這是祖先傳下來的規矩，也不是我烏朗訂的。現在，我們只不過是和日本人一起去而已，這不能算是尋仇戰鬥。

博庫斯：這麼多人和日本人一起去，你打算殺多少人？

烏　朗：我們只殺一人，而且說好了我們只放火，燒房子、燒穀倉。要殺人的話，由日本警察自己去殺，和我們無關。

博庫斯：燒死人和殺死人，那不是一樣嗎？兩邊一亂，濺了血，由不得我們不殺。

烏　朗：（豎眉瞪眼）你來，還是不來？頭目面前，你就簡單一句。

博庫斯：不管怎麼說，我反對再出草。至於侵犯獵區，我們應該派人去問瓦拉比。先聽他怎麼解釋。

烏　朗：你一去問，他有了警覺，那我們還能做什麼？

△一直靜默聽著的頭目拿起竹枝，把散裂的薪柴撥近，火裡發著霹啪的聲響。

頭　目：(語氣平和) 博庫斯，我們只獵一個頭回來，這只算兩邊扯平。我會約束大家，獵了頭，放了火，立刻就走。這事並不是烏朗一個人的意思，我和巫師也同意。再不出草，會有更大的災難。

博庫斯：我們這樣幾百人去，將來兩邊不可收拾，才是災難。我們不是還有一些鹿皮和布嗎？拿去和漢人換一些食物，捱一捱，也就過冬了。

頭　目：日本的米對大家都很重要。而且，這不只是我們一個社有困難，今年幾個大社都差。我們也許還有辦法和漢人換米過冬，但其他社卻捱不下去。現在他們都已經要和日本人去。我們若是不去，難道等他們回來，餓著肚子讓他們笑？

博庫斯：日本要打太魯閣，有沒有我們這一把火還不是一樣？他們之前禁止我們出草，現在又要我們出草。這事情很奇怪……

烏　朗：日本想報仇，又不認得路，不敢進太魯閣，找我們來帶路，這有什麼奇怪？(怒) 你到底是站哪一邊？你還配不配作族裡的勇士？

博庫斯：(怒) 我不配作族裡的勇士，你倒是配作日本的勇士。

烏　朗：你……。

頭　目：(蹙眉) 好了，你們不要再吵。我是族裡的頭目，不是他太魯閣的頭目。博庫斯，這事情我已經決定。去不去由你，我不勉強。

△火堆邊只剩火焰燃燒的聲音。木隙間，悶出一聲爆響，幾百個火點彈了上來，又一點點無力地飄失在空氣中。

△窗外繁星橫披夜空，蜷著深秋裡一股肅殺的寒意。遠方一群烏鴉，不知怎地，忽然從林間啼叫著拍飛起來。

△接續回第三十七場末。

烏　朗：(閉眼，眉頭緊皺) 就這樣，我們答應和那個永田合作，聯合了南
　　　　北幾個大社數百名壯丁一起去。

依　娜：(驚訝) 那麼多人？

烏　朗：是。我到今天都忘不掉那個可怕的夜晚……。

【第四十場】

景：太魯閣部落　　時：夜　　人：烏朗、族人、太魯閣人

△黑夜裡，年輕的烏朗和幾個族人埋伏在一幢茅屋門外，故意作出聲響。
△一個太魯閣族男子走了出來探看。
△烏朗從後面挾殺他，男子慘叫一聲倒地。
△屋內跑出婦人，目睹慘狀，尖聲驚叫。
△烏朗嘯了口嘯，埋伏的族人同時引火。四處火起，火光照天。
△濃霧中男男女女，老老小小，從火裡跑出來。尖叫的、哭喊的、身上著了火的。

烏　朗：(OS) 我們趁夜偷襲，砍了一個人頭，燒了他們兩個部落。那場
　　　　大火啊，整夜都沒熄，也不知道還燒死了多少人。可是，警察
　　　　隊原先說好要同時到達的，卻遲遲沒有來，倒是驚動了附近其
　　　　他社的太魯閣人。雖然我們放火之後就離開，但還是和他們迎
　　　　面碰上……。

△灌木林中雙方狹路相逢，互相砍殺。

烏　朗：(OS) 黑暗之中，兩邊都打死不少人。幸好他們急著去救人，我
　　　　們拚了命要走，都不想殺，這才沒有死傷更多。沒想到……沒
　　　　想到拚死跑出來之後，卻中了埋伏。

依　娜：(OS) 埋伏？

烏　朗：(OS) 那時我提了人頭，匆忙地下山……

【第四十一場】

景：太魯閣谷口　時：夜　人：烏朗、博庫斯、族人

△烏朗提著人頭，走在一行人中間，有人扶著傷者在後，準備通過谷口。
△谷口轟然一聲，煙硝四濺。前面的人血肉橫陳。谷壁上方閃起槍光。

烏　朗：（OS）我哪想到會有火砲。我們還不知道是怎麼回事，就倒下好
　　　　多人，全部亂成一團。

△族人驚惶向後退，不料後方也是槍光閃閃，慌亂中紛紛倒斃。

博庫斯：（OS）跳下溪裡，快跳下溪！烏朗，小心！

△（慢動作）博庫斯衝上前來，一把把烏朗推到旁邊。

烏　朗：（OS）黑暗之中，敵人在哪裡也沒看見。還好博庫斯反應快，他
　　　　拚命叫大家要跳下溪谷躲，這才沒死光。那時候我腦子一片空白，
　　　　根本就傻住了。要不是他衝上來把我推倒，死的人就是我。

△博庫斯中槍，烏朗背起博庫斯逃。
△接續回第三十七場末。

烏　朗：可是他卻被打中了。這件事情，博庫斯一開始就反對，而我卻
　　　　因為一時貪心，相信外人，結果死了這麼多兄弟。

△烏朗陷入沉思，失神地凝望著遠方蜿蜒的峰巒。
△依娜看著烏朗。
△烏朗左臉有燒灼的痕跡，刺紋已被傷顏毀壞，只餘下一塊皺癟癟的疤。

烏　朗：是日本人幹的。我們偷襲太魯閣，然後他們偷襲我們！事後他
　　　　們說是誤擊，我卻不信。後來我去了花蓮……。

【第四十二場】

景：守備隊廣場　時：日　人：烏朗、衛兵、永田、平岡

△花蓮守備隊部前的廣場。

烏　朗：（大喊）我要見你們隊長，我要見你們永田隊長……。

△烏朗拚命想往裡面衝，被兩、三個衛兵拉住。
△混亂間，一柄槍托重重打在烏朗後腦，烏朗軟倒。
△永田隊長站在守備隊部內的窗台邊，隔著窗簾遠遠向下看，旁邊站著平岡少將。

平　岡：（哼聲）蕃人就是蕃人，不費我一兵一卒。
永　田：（回頭）滅他這族，會不會太無辜？
平　岡：（笑）誰無辜？誰不無辜？這是由我們來決定的。有他們在，我們怎麼放心進太魯閣？這天底下沒有無辜不無辜的人，只有該活和該死的人。

△接續回第三十七場末。

烏　朗：後來被抓去關了兩個月，受盡折磨，出來就瘸了這條腿。回來之後，才知道族裡不但沒有小米的犒賞，反而被收掉槍械。那年冬天，就這樣活生生餓死好多人。也就是這時候，日本派了警察隊來，說我們不聽管束，下令廢社。
依　娜：廢社……。
烏　朗：對，廢社！一道命令，要整個社解散。三天之內要全部搬走，否則槍斃。就這樣，一個大社全散了。我們這一支搬到這裡，重新開始。當年我們還是第一大部落，不是現在這樣。（嘆）你別看我平常專挑達哈罵，其實我是最看重他的。達哈和他爸長得一模一樣，可是卻不如他爸爸冷靜，倒是像我的衝動。我說什麼也要盯緊他，就怕他和那些巡查衝突，鬧出事情丟了命，將來我沒有臉去見他爸。依娜，我這條命，是踩著屍體爬出來

的，只是為了你們這些孩子才活下來。廢社之後，頭目帶著我們這些逃出來的人，就在這裡埋石懺悔，發誓要照顧所有的孤兒長大成人，永不戰鬥。那裡，（指著前方礫地）那就是我們埋下石頭的地方。

△依娜順著長老手指的方向看去，果真看到一塊微凸的地面。

烏　朗：後來我打聽到，那個隊長原來是佐久間手下的大將。你能想到嗎？我們是受了騙，作了他的前鋒。也虧他狠心偷襲我們，不然我一輩子都不知道。只可憐……只可憐那些被燒死的人，還有我們被打死的人，我對不起他們。那晚的火真烈啊。（獰笑）可是日本人怎麼樣也想不到，我這個瘸子還敢反抗。

△長老面露凶光，像變了一個人。

依　娜：長老……。

長　老：我每星期都去給巡查送米酒，他以為我真的歸順，也樂得和我喝酒。有一天，他醉酒說溜嘴，讓我知道他們已經大舉進攻太魯閣。哼，回來之後，我就打定了主意。

△長老在蔽天的森林裡穿行，然後一步蹬上頂峰，前方綿延數里的高山視野全開。

長　老：（OS，與以上畫面同時進行）跟著，我抄山頂的路，趕了好幾天進到太魯閣。那一仗真是慘……（長長吸了一口氣）我們比太魯閣幸運多了。那是日本頭目的大出草。不，那不是出草，那是滅族……。

【第四十三場】

景：總督官邸大門　時：大正三年（1914）日　人：平岡、荻野、憲兵

△中央塔樓上的國旗飄揚。

△日正當中，照得紅白相間的總督府（今總統府）光耀刺眼。總督府一柱擎天，兩翼建起的排樓橫牆若城，數十道拱廊與角塔緊密相接。

△字幕：大正三年（西元 1914 年）

△字幕：日軍總督在久間召見眾將，準備出兵太魯閣。

△官邸（今台北賓館）位於總督府前方，隱在庭木森森之間。

△入口進來的外廊道，武裝的憲兵五步一哨，並對戍衛，有數輛閃亮的軍車並排停在門口右側。

△又一輛軍車駛入，緩緩開抵。執勤士官趨前打開車門。一聲宏亮的敬禮號令下，門口憲兵劃一的收槍靠靴，平岡、荻野兩位少將步下軍車。他們略整軍帽，即快步通過玄關，由正廳直上二樓階梯。

【第四十四場】

景：總督官邸會客廳　　時：日　　人：佐久間、荻野、眾將

△深邃的迴廊、精雕的拱門、光滑潔淨的石面，引向會客廳。

△廳門口兩個憲兵同時將門拉開。

△會客廳上空，橫懸了幾盞銀白的水晶吊燈，照著鮮紅的地毯，凜凜閃耀著。眾將面對廳門，各各屏氣凝神，瀰漫著一股肅穆威逼的氣氛。

△一個平整的戎裝背影，快速地向前邁入會客廳，是佐久間總督。逆光，看不清他的臉。

△眾將坐定。

△會客廳的牆上，高懸著兩幅卷軸，蒼勁的漢字兩行直落。右聯「竭命納忠肝膽力」，左聯「履武修文死生功」。卷軸下方有黑檀木台，上面橫置一柄身長刃薄的武士刀，刀鋒森然有光。

△大廳中央一具展示架，上面掛著卷軸。荻野手持短杖走到旁邊。

△卷軸徐徐放下，出現一張詳盡的地圖。（鏡頭漸漸拉近成特寫）圖左的南湖大山、中央尖、循畢祿、合歡、屏風，一線抵於奇萊主山。圖右的大濁水溪、立霧溪、木瓜溪，自源頭至出海口，描出了各主幹支流，以及鄰近主要山岳的海拔高度。境內各大小部落，均有標註。部落間的道路與里程，也一目了然。

荻　野：（杖頭指向插的密密麻麻的紅綠小旗）攻擊於零時發起時，兵分四路。第一守備隊，由奇萊山向東進討，攻擊巴托蘭。第二守備

隊，由合歡山向東進討，攻擊內太魯閣。(指著圖右另兩股藍色的箭型符號)警察隊，設指揮部於花蓮港北埔，分立霧溪與木瓜溪兩路，向西分擊外太魯閣與巴托蘭。先鋒部隊戰備完成。(走回座位，坐下)

△佐久間短髮灰白，白鬢連髭。他略略傾身與身旁參謀耳語一番後，從座椅上站起。眾將見狀，隨著起立。

佐久間：諸位辛苦了。生蕃不服王化，山地不被皇澤，此事由來已久。要拓殖本島，必先馴服生蕃，這是首任總督就確立的目標。太魯閣的生蕃，是蕃中之蕃。為了這場戰役，我們準備多年。這一戰非常重要，理蕃事業的成敗就此一舉。各部隊必要堅守崗位。防，要防得滴水不漏；攻，要攻得粉碎意志。現在我下令，各軍警部隊就二級備戰狀態，一個月後進軍太魯閣。

眾　將：(齊聲)是。

△眾人遵命之聲，忽地充塞在四壁鑲立的巴洛克石柱間，在方形的巨大穹頂下朗朗迴響。
△陽光西斜，拉長了光影，落在官邸後花園的假山水間。花叢間綠意扶疏。亭閣下的水池裡飄著倒影。黃澄澄的波光上幾隻天鵝悠悠游過，池面浮萍讓出長長的一道漣漪。

【第四十五場】

景：奇萊山　時：正午　人：撒提

△正午，烈日如罩。
△奇萊山，黑色的銳巖長列如屏，雄偉倔傲。皎白的雲海，在遼闊的山海之間冉冉掀騰。四野沉靜，只有稜緣上蜷伏的圓柏逆風梭響。雲海之下，浸藏了層巒疊嶂的立霧溪谷。
△一個身影，在濃綠參天的老杉林下飛奔著。
△越過一段赤褐色的瘦長岩脊後，他直直抄下泥粉般的陡斜坡，片刻也不肯停，揚起的泥塵幾乎遮去了他的身體。

△那人的長髮凌亂的披散在前額和後背,赤足飛躍在疏生的箭竹山徑上,發著脆亮響聲,由遠而近,愈來愈急。

【第四十六場】

景:火車站　時:正午　人:日軍

△軍靴響亮劃一的前進聲。
△大幅軍旗交叉著的凱旋祝願門下,日軍部隊成列的托槍通過。
△車站前的空地,已有數個準備出勤的部隊一行一伍的抵達待命。
△火車緩緩進站。車頭冒著一片黑濁的煤煙,輪軌旁繞著蒸氣。

【第四十七場】

景:石屋外　時:正午　人:太魯閣人

△奇萊北峰的斷崖。
△地面的碎岩上攀滿一片龍膽草,苞朵盛開,綻放著全黃全紫的鮮豔顏色。旁邊雜掩了些高山白珠和綠茸茸的懸鈎子。坡面下攀的野薔薇,結滿血紅色果實。
△一隻本來匍伏著的草蜥,聽到人的動靜,忽然竄進碎石堆的縫隙中,反身探出頭。兩隻前足,還牢牢扒在碎石屑上,踞守在縫隙口。
△眼前飄過一片山嵐,水氣拂面,似雲似霧。
△斷崖下的托博閣社。
△部落環著幾株千年巨檜,有數人合抱之寬。這些檜木的筋幹通體直淨,褐紅的樹皮如魚鱗片般接向樹冠。冠頂盤錯,因長年受風而向東側山谷微微彎傾。橫托的層層針葉,遮去了大半天幕。
△數間石屋,沿著一段平稜坡面相鄰著散開。空地間聚了約莫三十餘人。
△不遠的小山頭上,有處架在樹肩上的瞭望台。
△一聲口嘯從瞭望台順著山谷傳了出來。
△斷崖下幾隻山羌忽然抬起了頭,機警地聽著,然後一落一落跳過亂岩、伶俐地竄到崖的另一邊。

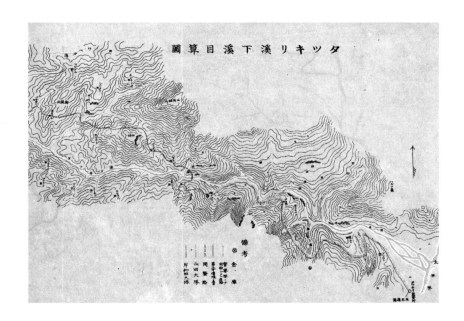

族　人：回來了！

△原本三三兩兩地蹲著、躺著的人全站了身。

【第四十八場】

景：石屋內　時：正午　人：瓦拉比、西巴瓦旦、努也納、撒提、格桑、衆頭目

△石屋內有幾根腿粗的角柱。柱面刻著成排的菱形刀紋，像一排藏匿的眼睛。近窗處是一圈低陷的沙坑，四周疊著平整的方形石板，幾截沒有燒盡的炭木橫在邊上。坑內的火灰上，散著幾撮飛鼠刮烤後遺下的皮毛。周邊牆上，掛著十數個被灶火燻黑的頭骨，當空懸著。數柄竹矛和火槍斜靠在牆邊。
△幾個頭目屈膝搭坐，身上都裹著一襲方布。

西巴瓦旦：從上次他們來，已經二十年了吧？那時候還說是要借路。現
　　　　在不同了，山是他們的，路是他們的，樹是他們的，連我們
　　　　的槍，也要變成他們的？日本人是這個意思嗎？
△他腰圍獸皮，覆著胸披，斜背麻袋，兩手懷著長槍靠在肩頭。
△沒有人答話。

西巴瓦旦：日本人也不打獵，到底想和我們爭什麼？槍，都是和漢人換
　　　　的，為什麼現在都要交給他們？
△沒有人答話。

老　者：你認為應該怎麼辦？
西巴瓦旦：很簡單，不理他。他敢進來，就殺他一場。難道你怕日本人？

△老者靜默下來，低了頭，下半的臉頰都遮在方布之後。
△眾頭目本是聽著，發覺老者沒有應話，不覺都把目光投了過去。

西巴瓦旦：瓦拉比，你說句話啊？

瓦拉比：（緩緩抬起頭，眼光掃過諸位頭目）是，我是怕。

△ 這位老者雙頰凹削，滿佈歲月熬出來的痕跡。眉骨隆起，輪廓像山脊一樣的突出。
　　黑沉的眼瞳，像槍管內那種深不見底的顏色。

瓦拉比：日本叫托洛克人來傳話，要我們七日內投降。我怕，所以我派
　　　　人去請外太魯閣與巴托蘭兩部頭目過來商量。

西巴瓦旦：怕什麼？以前闖進來的那些人，還不是一樣殺。

瓦拉比：（沒有回應，對努也納）撒提還沒回來嗎？

努也納：還沒到，他昨天就應該回來。

△ 努也納著長衣，麻布底，織著深紅色的毛線，佈滿圓柱形的貝珠。

瓦拉比：格桑，那麼，你先告訴大家哈洛庫那邊的狀況。

西巴瓦旦：是啊，哈洛庫呢，他怎麼說？

格　桑：他也接到日本要他投降的通知。但他什麼也沒說，只說他老了，
　　　　要我把這個交給瓦拉比。

△格桑個子不高，乾黑精瘦的模樣，兩手長滿粗繭。他把拽在手裡一塊裹著的鹿皮解
　開，翻出了一柄刀。
△西巴瓦旦聽得奇怪，探手取過了刀，端視著。
△那刀呈魚腹型，比一般的刀更薄更長。刀身和木鞘上烙鑴了一具戰士圖騰，兩手握
　矛交叉胸前，直髮上騰如火。眉與頰間數道鬍溝，肩膝處膨大，滿佈環紋。戰士屈
　腿站著，瞪眼向下。木鞘尾端，還繫著一長撮人髮。
△西巴瓦旦抽出刀，左食指抹向鋒刃。這刀十分銳利，指甲竟沒有滑脫，立時吃進刀
　口。西巴瓦旦哼了一聲，把刀連刀帶鞘丟到沙坑中。刀尖半插進沙中。

努也納：（撿起細看，還刀入鞘，對瓦拉比）這是他們頭目相傳的刀啊。

△瓦拉比點了點頭。

格　桑：這什麼意思？
西巴瓦旦：乾脆把刀送給日本人就好了。何必給我們？哈洛庫很聰明
　　　　　啊，自己想投降，還要我們去戰鬥。

△其他頭目一聽，有的不願置信，有的狐疑的粗聲罵起。

瓦拉比：（制止）要說到戰鬥，我們恐怕還比不上他。他不是膽小的人。
努也納：那現在怎麼說？
瓦拉比：前年南澳歸順，去年撒拉矛歸順，日本人愈來愈靠近。我們容
　　　　易躲，哈洛庫在外面卻很難擋。日本一直要他去台北會見總督。
　　　　他雖然沒去，但安排了一些頭目去。後來我們再見面，他就說
　　　　贏不了，早晚得和解，要我早作準備。看樣子他是決定不打，
　　　　要換取和平了。
西巴瓦旦：和平？我們山上，日本人山下，現在就是和平了，還需要投
　　　　　降才能和平？還需要繳槍，讓日本人進來才能和平？哈洛庫

這是和蛇求和平，求蛇不要咬你。這算什麼頭目？祖先的地方，就這樣不要了？

瓦拉比：以前老頭目總是說，從托博闊下來到古白楊，一大片這麼美麗的森林。只要我們好好種米打獵，就可以永遠住下去，幾代都吃不完，不必再遷移。他怎麼想得到有人要搶。

格　桑：祖先就是不想和人搶，才翻過奇萊的。幾百年，都平靜的過去了，跟漢人也還相安無事，難道現在又得走？

西巴瓦旦：能走到哪裡？

格　桑：哈洛庫如果真的帶著峽口各社投降，下一個就是我們。一過赫赫斯，要不了幾天就可以越過布洛灣、陶塞，直接進到塔比多了。

西巴瓦旦：怕的話，就跟著哈洛庫去投降好了？

格　桑：你是什麼意思？

西巴瓦旦：沒意思，想投降的就不必待在這裡，反正你古白楊也離赫赫斯不遠。

△格桑有些著惱，幾乎要站起身。
△旁邊的頭目看氣氛不對，各自把兩人拉住。

瓦拉比：你們在做什麼？日本人還沒來，自己先打起來了？（對西巴瓦旦）你想打，我問你怎麼打？你知道日本人來了多少？

西巴瓦旦：人多也不一定會贏。他敢來，難道我們就不敢打？像上次一樣，來幾個，我們就留他幾個。

瓦拉比：你這麼有把握？

西巴瓦旦：要試試看，難道就這樣投降？

瓦拉比：試什麼？打仗戰鬥，也是能試試看的嗎？

△外頭忽然人聲響動。猛一人彎腰低首，大步地衝進屋內。後面跟著圍上許多人，都在門口停住。
△他跪了下來，一身污濘，兩手撐在地上，拱著背脊，斜配腰間的彎刀晃到腹前，喘氣不止。

格　桑：（湊近握住他的肩頭）總算回來了。
努也納：撒提，先喝口水。

△西巴瓦旦取下牆頭木瓢，舀了一杓水遞去。
△撒提像沒有聽見，勉強抬起頭。

撒　提：（喘，斷斷續續）巴……托蘭……巴托蘭都完了。

△眾人都驚住了。

撒　提：瓦拉比……我……回來晚了。
瓦拉比：別急，休息一下，慢慢說。

△瓦拉比不動聲色的抽著烟桿，只是招手，示意他坐定。
△撒提喝過水，抹去身上熱汗，適應了屋內的光亮，看到各社頭目都到了。

撒　提：能高的山口有日本人把守，我躲到深夜，摸了過去。巴沙灣社
　　　　全毀，像被下過咒。土坑裡堆滿死人。屋子只剩燒斷的柱子，
　　　　有些是連人一起燒成灰。整個地上光禿禿的，像被雷劈過。馬
　　　　黑洋社也是。幾個還有人的部落，只剩老人和女人，男的都被
　　　　帶走。日本人已經到了巴托蘭社前面不遠的山頭。我正想要繞
　　　　過去，碰到一個出來砍柴的族人。他聽我說想去找大頭目，勸
　　　　我快走。

△頭目幾乎不敢置信，都繃著臉。

努也納：為什麼？
撒　提：他說大頭目前天去和日本人談判，結果一去就被抓了，副頭目
　　　　被放回去勸大家投降。他警告我，日本兵有上千人，本隊前面
　　　　還有先鋒，根本過不去，過去也沒用。我不敢冒險，只得回來。
瓦拉比：巴托蘭部十幾個社，二百多戶，難道就這樣輸了？

△鴉雀無聲。

格　桑：巴托蘭居然沒有一個人出來求援，日本來得好快。
瓦拉比：天長、沙卡亨呢？

△撒提搖頭。

格　桑：是什麼樣的人，可以這樣殺人？
西巴瓦旦：(怒)難道日本就沒有神？他們就不怕觸怒神靈嗎？
瓦拉比：你現在懂了吧？十年前的日本人只是來查探，這次絕對不會是幾
　　　　十個人，不然他也不敢逼我們投降。巴托蘭現在變成這樣，說不
　　　　定他們又要從霧社來了。(閉目想了一下)這樣，山後的路你最清楚。
　　　　你和努也納，從卡利亞諾敏繞出去，看看外面的狀況，現在就去。

【第四十九場】

景：碼頭　時：傍晚　人：日軍

△咚一聲，船舷處的鐵梯斜架靠下碼頭。

△巨大的輪船靠在碼頭邊，燈火通明。士兵陸續下船。

△碼頭的長堤上全是部隊，整齊成列，依序站在輕軌鐵路旁。

△烏亮尖銳的鐵軌交錯延伸，彎向山的方向，沒入黑暗中。

【第五十場】

景：霧社大鐵橋　時：清晨　人：日軍

△ 數百公尺的溪谷旁，一道白瀑垂下。
△ （由溪谷往上看，逆光）一人寬的鐵線橋，跨過寬敞的天空。
△ 鐵線上的橋枕劇烈的晃動起來，有人接連的踩過。
△ 日軍部隊陸續通過。
△ 從鐵線橋緩緩看向山腰，赫然映出一支看不到盡頭的蜿蜒隊伍。

【第五十一場】

景：合歡山　時：黃昏　人：西巴瓦旦、努也納、日軍

△ 合歡山。
△ 雄偉的山頭，緩緩降下幾條支脈，環繞成一處避風的巨大山坳。山稜上是裸露的岩肌，兩側覆蓋了原始林，山坳處全是緩和的草坡。
△ 霧隨風去，視野愈來愈清晰。只見一小股一小股白濃濃的炊煙。山坳的坡面上，設了上百頂的帳蓬，遠看像小盒子般一個挨著一個。
△ 伏在山頭上的西巴瓦旦、努也納互視一眼，又快步溜向山坳。
△ 從一處密不透風的冷杉林內看出去，林外頭並立了幾頂雙斜營帳。營帳是以樹皮、箭竹、木柱臨時搭成。雖然簡陋，但是井然有序。
△ 進進出出的全是日本兵，還有人繼續在搭營帳。
△ 步槍，數支架成一堆，排了幾排。
△ 草坡上有滾木鋪成的路，一隊荷槍背著帆布包的日軍從下方向上走去。一群帶斗笠、挑著扁擔的漢人尾隨在後。挑的東西沉甸甸的。還有幾個漢人一起扛著剛砍下的杉木走過。

【第五十二場】

景：石屋內　時：日　人：瓦拉比、西巴瓦旦、努也納、撒提、格桑、
眾頭目

努也納：奇萊後面全是人，霧都擋不住。
頭目甲：果然是要兩邊打我們。
頭目乙：巴托蘭戰敗，赫赫斯也準備投降，這怎麼辦？
頭目甲：難道就交出槍，請敵人進來嗎？

△頭目們聽了心驚，一時交頭接耳，議論紛紛。
△瓦拉比、西巴瓦旦兩人面色凝重的走進屋內。

頭目丙：瓦拉比……。

△瓦拉比、西巴瓦旦兩人蹲下來。頭目們都不作聲，看著瓦拉比。只聽到坑中的火嗶
　波波的響著。

瓦拉比：漢人來，劃界作樟腦。日本不一樣，水流到的，鳥飛到的，全
　　　　是他們大頭目的。哼，我也是頭目。把我們當猴子在趕，猴子
　　　　也會咬人！殺這些日本人，會比像下田挖一個芋頭難嗎？叫我
　　　　投降，不可能。叫我像巴托蘭那樣等著挨打，也不行。我們不
　　　　投降，也不走。

△頭目們屏氣，聽著大頭目的決定。

瓦拉比：剩下，就是抵抗。

△瓦拉比伸手抓起半截橫木，往坑中剛起的火丟了過去。
△被這麼一撞，架住的柴咚喀一聲垮倒，火星四濺。下頭的火苗被悶住，冒起陣陣白煙。

瓦拉比：（爆出壓抑的怨氣）看看是木頭先把火打熄，還是火先把木頭燒光。

△幾個頭目吆喝起來。

撒　提：你打算怎麼作？

瓦拉比：我們各社合起來，能戰鬥的只有一千多人，槍也沒他們多，不能硬打。

瓦拉比：先退，讓他們進森林。森林易躲、易攻，日本人多不一定有用。

△瓦拉比用手指在坑上畫著圖說明，眾頭目紛紛點頭。

瓦拉比：(忽然想起什麼，對努也納) 你說看到很多漢人？

努也納：是。漢人比日本人還多。那些人戴著尖帽子，用棍子挑兩個竹籃，都沒有帶槍，是漢人沒錯。

瓦拉比：漢人來做什麼？

努也納：搬米。

瓦拉比：(瞇起眼睛) 米？

努也納：是啊，籃子裡全是米。整排漢人都在挑米。

瓦拉比：(喃喃) 我怎麼忘了？只要肚子餓，連熊也會跑出森林的吧。(轉頭對西巴瓦旦耳語)

△西巴瓦旦轉身出去。

瓦拉比：這次的戰鬥不比從前，日本比過去的敵人都厲害，一定要做好準備。現在，我還有件事說。(停頓) 我要請各位回去通知。家裡有小孩的，媽媽和小孩出去。沒有小孩的，弟弟出去。

頭目甲：出去？

頭目乙：出去哪裡？

瓦拉比：到赫赫斯去。(抽了口煙，語氣平淡) 這裡是祖先住了幾百年的森林，不會給日本。寧死也不給。輸就輸、死就死，只要我活著，沒有人可以站到這裡來告訴我要怎麼樣。不過萬一輸了呢？有人出去是好的，給子孫留條路。

格　桑：哈洛庫是要降的，去他那裡不等於去日本人那裡？

瓦拉比：赫赫斯既然要降，就不會像巴托蘭一樣。而且我信得過哈洛庫，他會幫忙的。

△頭目交相討論，想到巴托蘭毀社毀村的慘狀，這樣做確實有必要。

頭目乙：（搖頭）就算我講，族人也不見得願意走。

瓦拉比：這只能盡力了。

努也納：這麼多人怎麼出去？

瓦拉比：格桑，你帶他們出去。

格　桑：什麼？

瓦拉比：上百人要走不容易，沒有時間了。你後天一早就出發。到了赫赫斯，請哈洛庫散到各社。然後告訴哈洛庫，要他等我，要他盡量拖延。他不降，東邊的日本人不敢進來，我們還有機會。

格　桑：我要留在這裡，你怎麼要我一個人走？不行。

瓦拉比：格桑，你還不懂嗎？有人要保護這裡，有人要保護小孩。我要打一個不用擔心的戰鬥。死，也要死的放心。如果族滅了，我們就什麼都不是。我要我們的子孫，像立霧的溪水一樣，一直一直的流下去。你現在聽清楚：小孩如果死了一個，都是你的責任。（伸直烟桿，指著）我要你當不戰死的勇士。我們如果失敗，你就是頭目。小孩大了要告訴他們，不要忘了我們來的地方；也要告訴他們，不要忘了我們去的地方。我說的話，你都明白嗎？

△格桑不再說話。他濕了眼眶，但壓抑著不讓淚落下。

努也納：日本人很快就會越過托博闊了。

瓦拉比：那我們就得更快。（對頭目甲乙丙）回去之後，開始向後撤。（對頭目丙）你分配各社所有的槍彈。努也納，你派人到卡利亞諾敏注意日本人的行動，然後召集所有壯丁，都到托博闊來。今晚，我們就在這祖先初到之地祭拜祖靈。各社移出來的糧食，撤提，

你盡量帶到古白楊。然後守住塔比多，堵住東邊。我們目標放在西邊，迎戰日本人。

△瓦拉比的眼睛看向屋外，鏡頭跟著拉向奇萊山。
△山上巨石嶙峋，左邊是鋸齒狀裸露的碎石坡，寸草不生。岩面上的皺褶毫不含糊的扭曲。

【第五十三場】

景：奇萊山　時：夜　人：無

△這晚，奇萊山上冰寒刺骨，風削如鏟。
△成團成股的白霧，如雪崩般的滾落懸崖。
△深不見底的山谷下，古老的戰歌像打杵一樣的鼕鼕響起。悶沉的回聲，隱隱在風霧間撲撲的搏動著。
△（原住民歌聲）
　「沖吧
　憤怒的溪水
　走吧
　決死的勇士要出草
　這是我們的森林

　砍下敵人的首級
　帶回敵人的靈魂
　昨天的敵人啊
　今天的朋友
　一起當族裡的守護神

　如果我像枯松的落葉
　如果我像滾落的石頭
　在彩虹的橋頭
　在奇萊的山頂
　我將回到祖靈的家」

△巨檜上繁星閃閃，像有無數藏在天頂裡的小眼睛，偷偷窺著奇萊山東西兩邊。

【第五十四場】

景：奇萊山　時：清晨　人：日軍

△清晨第一道陽光，像爪子般長長的劃過整片山壁。
△日軍大隊翻越奇萊。數十面軍旗，在蜿蜒的行伍間迎風飄揚。前哨隊、蕃人隊、步兵本隊、砲隊、通訊班、救護班、運糧拖砲的上千個軍伕，三路進軍，像數隻巨大的黑蜈蚣頭尾相接的盤山而來。

【第五十五場】

景：倉庫地　時：日　人：軍官、士官甲、小兵甲乙

△某處地勢寬平的坡地。
△日軍正指揮著挑夫，將米袋和彈藥箱依序送入臨時搭建的竹屋中。
△木棚裡，幾支樹幹撐住一張繃緊的帆布。兩個小兵提著桶子往帆布裡倒水，微微冒著蒸氣。
△一位軍官坐進帆布裡洗浴，兩個小兵坐在棚外。
△棚外走來一名士官。

士官甲：報告，倉庫都已放滿。補給還一直進來，請問要不要先撥發各中隊？
軍　官：（探出頭來）先搭個棚蓋起來，明天天亮再送就可以了。

△士官甲應聲離去。

小兵甲：司令部送這麼多糧食來，打算要打多久的仗啊？
小兵乙：多，總比沒有好。這種生蕃地要是沒吃的，還沒戰死就先餓死了。

軍　官：（笑）不用擔心。照今天的戰況來看，過幾天這些都要再扛回霧社。

△三人吃吃笑起來。

【第五十六場】

景：倉庫地　時：清晨　人：荻野、中隊長、梶村、副官、傳令官

△士兵成凹字型集合完畢，各各低頭立正。一群軍官站在部隊前面。
△背後是一幢被燒垮的竹屋，只剩下燒剩的竹台空架子。灰騰騰的煙，仍不斷的從燒
　斷的竹子中噴吐。

荻　野：（鐵青著臉）怎麼回事？

△竹台前直挺挺地並放了十幾具屍體，屍身的手腳還來不及擺正，隨意搭疊著。

中隊長：報告，昨晚蕃人偷襲，放火燒了倉庫。

△他顫聲應答，握軍刀的手微微發抖。

荻　野：損失如何？

中隊長：報告，衛兵班陣亡，二十三箱槍枝彈藥被盜。

荻　野：還有呢？

中隊長：其餘槍械彈藥已經清點過，完好無損。

荻　野：（轉頭）經理官。

梶　村：（上前一步）是。

荻　野：你去看看。

△梶村應聲離去。

荻　野：（轉過頭喝問）那軍糧呢？

△中隊長悶聲不敢答。

荻　野：我問你軍糧呢？

△荻野環顧四周。

△原先結紮的兩頂行軍倉庫，眼下盡成灰燼，只有幾根倒塌的柱子下面，壓著幾包沒被燒透的米袋。附近七、八棵挨著的赤楊，全都半邊焦黑，只剩幾片烘捲的葉子虛弱弱的掛著。

荻　野：（強自鎮定）怎麼發生的？

中隊長：發現火起時，倉庫已經都燒起來了。等滅火之後，才發現衛兵班已經陣亡。

荻　野：（聲音像結了冰）整個哨班陣亡。

△他轉身去看屍體，隨行的副官跟在他身後檢視。這些橫死的哨兵，除了兩個是喉管被割斷，其他都是從胸口或肋下處一刀深入而斃命。其中一個人的頭顱則不翼而飛，只餘下半截切口碎裂的頸骨，血已乾涸。

△副官檢查這些死者的配槍。

副　官：一槍未發。

荻　野：（難以置信）一槍未發？

△荻野瞥見草邊滾落了一只焦黑的米筒。米筒邊上,倒躺著一個迷彩布紋的水壺。水
　壺的蓋子沒有旋緊,被小鍊條銜著,掛在邊上。

△荻野走過去拾了起來。只一下,他便把水壺丟到中隊長腳旁。

荻　野:(厲聲)你怎麼解釋?

△中隊長揀了近鼻一聞,當場嚇出半身冷汗。水壺仍有濃濃酒味,壺裡還有沒倒光的
　酒水。他面色慘白,屈膝跪了下去。

荻　野:是太冷,還是慶功啊?(冷眼掃視所有士兵,目光最後停在中隊長身上)
　　　　我們才拿下幾個社,你就當作是凱旋回家了?你這訓練的是什
　　　　麼軍紀?兵馬未動,糧草先行。好一個守倉庫的中隊長,現在
　　　　糧食被人燒的精光,你拿什麼出來交代?

△那中隊長牙咬得緊緊的,頭縮得更低,完全不敢回話。

梶　村:武器彈藥確實完好無損。
荻　野:幸虧大火沒有燒到彈藥庫,否則後果不堪設想。現在還剩多少
　　　　糧食?
梶　村:各中隊都只有今天的用糧。

荻　野：你是說，我們明天就會斷糧？

梶　村：是。下批運補的糧食還在埔里。

荻　野：埔里到追分兩天，追分過來也還要兩天是嗎？

梶　村：是。

荻　野：可恨！

△荻野揮手揚起軍杖，咻一聲結結實實地打在中隊長的肩頸上。

△中隊長差點痛趴下去，卻不敢有半分移動，強忍著跪。

△現場沒有一點聲音，所有人像沒了鼻息。

荻　野：我暫時留你不罰。你安頓好傷亡官兵，立刻兼程趕回埔里，親
　　　　自在後勤部坐鎮協調。我給你三天時間。下午五點以前，要將
　　　　應急的軍糧送達此地。只要有一分鐘延遲，你就別想活了。一
　　　　週之內，前線的糧食要全數追補還原。

中隊長：（伏在地上）謝謝指揮官。

荻　野：事情辦妥，你就向憲兵隊報到，不必回來了。本隊即刻由副中
　　　　隊長代行指揮。（對副官）拔階。

△副官走近跪立著的中隊長，刷一下扯下他肩袖上的軍階臂章。

荻　野：去發電報，通知後勤部預作準備。

副　官：是。

荻　野：其他人回去通知各部隊，停止前進，待命三天。

軍　官：(齊聲) 是。

梶　村：請問指揮官，糧食中輟，需不需要先將部隊暫時撤回屏風中繼所？

荻　野：不必。糧食運到之前，三餐減為一餐。不足之處，挖番人藏的
　　　　米作補充。傳令全軍，原地固守營房，防止番人再來偷襲。有
　　　　飯吃，得守住，沒飯吃，也得守住。再有怠忽職守者，就地槍
　　　　決，絕不寬貸。

△眾軍官聽荻野語氣嚴厲，各各莫不警肅。
△傳令官走來。

傳令官：托洛克頭目拉夫南親自來到營中，他說有事想見您與總督大人。

荻　野：是嗎？太好了。這個時候他來，對我們最有利。這樣，我先去
　　　　見總督，稍後你帶他到指揮所來。

【第五十七場】

景：山腰　時：日　人：日軍

△ 鏡頭緩緩的拉向山的另一邊。
△ 遠遠傳來一聲炸山的悶響，森林中原本此起彼落鳴叫著的禽鳥，啪一下全飛向林外。
△ 某步兵小隊正在修築軍路。
△ 前後哨兵伍持槍警戒。
△ 中間的士兵俯身鋪放滾階，然後拉動一門兩輪的砲車向上坡走。

【第五十八場】

景：平岡軍帳　時：日　人：平岡、軍官、通譯、塔烏查人

△ 一支紅旗又高高舉起，停在空中。
△ 前方不遠的土溝邊上，看似有排人樁，三兩步隔著。（遠景）最右邊的木柱旁，有個人給倒扯著頭髮，摔到地上踹了幾腳，又被揪了起來挨著木柱綁住。

△紅旗後面一頂行軍帳。帳頂正中央，交叉斜插了兩支日之丸國旗。

△衛兵兩列端槍，肅立的影子如刺刀般的筆直。

△帳下數十顆人頭，一顆顆挨著排成幾列。人頭睜眼的、閉眼的、半闔著眼的，全面向帳外，像是活人躲在彈坑裡冒著頭。

△人頭旁邊，高高低低蹲了一群面無表情的塔烏查人。

△帳內坐著平岡與多位軍官。

△一個通譯，從後面走到帳前。

通　譯：你們都是塔烏查的勇士，也是日本國的勇士。回去每個人都有獎賞，一顆頭就是一個賞。現在，你們再去告訴那些還沒投降的頭目，再給一天時間。繳出槍，或者繳出命，由他們自己決定。如果明天中午以前，再不把槍全部繳出來，巴托蘭就是榜樣。

△紅旗揮了下去。

△（近景）一具具手腳反縛的屍體，又從上面扔了下來。像一大籮爛掉的玉蜀黍丟下草堆，亂疊亂插的壓在前一批上頭。屍血未止，一大桶刺鼻的焦油潑了下來。濃稠的黑水，順著倒趴的後腦勺滑落，流過耳際，像淚珠般的在眼角掛住，然後滴進了土溝內早已滿滿堆好的松枝中。

【第五十九場】

景：平岡軍帳　時：日　人：巴托蘭人、日軍

△號角聲響起。
△軍帳前一落一落全是槍，巴托蘭各社族人都在帳下蹲著。
△（軍歌歌聲起）日之丸國旗緩緩升起。

【第六十場】

景：太魯閣大山　時：日　人：平岡、日軍

△日軍行進在遼闊的太魯閣大山上，向北而去。

平　岡：愈是山高水險，愈是利於蕃人畫地為王，不利國家統一。清國
　　　　政府「開山撫蕃」的意見，究竟是件緊要事。只不過，這得靠
　　　　我日本才能完成。（指著前方一處高山）你們看！這山多麼壯觀。

△身旁軍官順著手指看去，只見一堵豎滿露岩的高峰。峰底的碎石垂直灑落，整片放洩到下方的森林。遠觀白煙騰騰的，彷彿只要有一隻小鳥停下去就要引起山崩。岩溝的石壁像幾乎要剝落的老樹皮，格格片片，閃爍著黑光。

△微微的風吹過平岡耳畔，彷彿是在奔馳戰馬上才會聽到的聲音。

平　岡：各位，我們的努力在不久將來，就會與這座山一樣名留千古，這真是我男兒的志業啊。

△（軍歌歌聲止）

【第六十一場】

景：砲陣地　時：上午　人：室島、士官、砲手、副砲手、托洛克人

△山頭上一個馬蹄形的陣地。

△幾門架定的砲管在陽光下並列，高高向天仰著，烏黑刺眼。

△砲筒旁蹲著砲手與副砲手，一旁堆了十幾枚已經開箱的砲彈。

△室島罩著風衣，站在砲前作解說。

室　島：這種大口徑的白砲，是新型的山砲。射程遠、精準度高、爆炸面積也大，最適合山谷地形的作戰。

△他看見腳邊一個土塊上爬滿螞蟻，憎惡地把它踢散。然後左腳踩上了一枚突石，彎身拍著綁腿的泥塵。

室　島：今天就叫卡拉寶這些蕃人吃吃我們的新砲。

△他剛說完，瞥見前方亂草堆中蹲了十幾個低矮的身影。定眼細瞧，竟是蕃人！驚惶之下，他大叫一聲回頭就跑。卻忘記左腳還踩在石頭上，跟蹌跌了個跤。

△那些蕃人戴著白頭巾、著軍衣、披著肩袋，只看著，也不靠近。旁邊的砲手趕忙扶室島起來。

室　島：你們快看！

士　官：報告，這是司令部配署的蕃人隊，剛剛派到，來協助警戒砲陣
　　　　地的。

室　島：（揮手）去去去，旁邊先等著。（惱羞成怒的）來了也不出聲，我以
　　　　為蕃人怎會這麼有本事，居然攻上來。

△他收拾精神，走回一門臼砲旁，拿起望遠鏡進行觀測。

△慢慢轉著焦距，他像獵人搜尋獵物般的慢慢移動。下方數百公尺遠的部落動態，在
　他眼下全覽無疑：舂米、織布、分派槍枝弓箭、揹著孩子講話。

室　島：咦？

△數十隻並立的竹竿，忽然映現在圓形的鏡頭裡。

△鏡頭往上挪，原來是竹竿架起的瞭望台。台上站了三、四個蕃人，直往山隘的外邊
　瞧，渾然不知已被這裡的火砲所對準。

室　島：這個好！（放下望遠鏡，指著瞭望台，對砲手）來，你先把那個台子打掉。

△砲手連忙調整了砲管曲射的角度。副砲手操作三腳架上的觀測儀，作出彈道的估算。

△室島向逐個砲手指示了砲擊目標，便讓到旁邊，低頭看著懷錶。

△分針，跳向了數字 10。

室　島：（OS）準備射擊——左線預備——右線預備。

△分針，跳向了數字 12。

室　島：（OS）開砲——。

△咚的一聲。

【第六十二場】

景：卡拉寶　時：上午　人：瓦拉比、努也納、希歷尤斯、副頭目、
太魯閣人

△高台應聲而倒，整個鬆脫，垮散在四周用竹尖圍起的木柵上。台子上的人掀翻到半
　空中，還沒著地，就吞沒到竄起的大火裡。
△火砲又是咚的一聲。
△柳杉林前的成排竹屋，頓時炸開了圓窟，隨即著火燃燒。
△砲響一聲接過一聲。轉眼間，原本翠綠的墾地接連著濃煙冒起。嗶嗶剝剝的火舌聲，
　乘風而嘶吼。硝塵裹著木屑，一股一股像騰空站起的惡靈，到處追趕著腳下亂竄
　的人。

族人甲：（迎面碰上瓦拉比等頭目）大頭目，怎麼辦？
瓦拉比：去，要大家通通退進白木林，這裡太危險。快去。

△嗆鼻的濃煙捲來，沖斷了彼此視線。

△火焰，燒得像巨人一樣高，周圍的煙氣沸騰了起來。

西巴瓦旦：注意啊，咳咳——大家注意，進白木林。

△他率領的人邊跑邊吼，拉住慌了手腳、到處亂跑的人。

△西巴瓦旦猛抬頭，看見山頭上又起了一縷白煙。

西巴瓦旦：大家快逃。

△轟然巨響。

△前方不遠處，幾個抱著小孩的婦女忽然炸飛了。

△漫天的土塵裡，耳裡還來不及聽見聲音，一截稀爛的斷腿從天上落下。

族人乙：姆拉雅——。

族人丙：瑪娃——。

△幾個男子又恐懼又悽慘的喊叫，沒命的衝進竄起的火場。

西巴瓦旦：不要去！

△山口處響起了零星槍響。

△另一頭，努也納帶領十幾個人急著往外頭山口衝。

副頭目：這裡不能留！撤退，進森林。（踢開石板屋的門，把躲在裡面的老人和
　　　　婦孺全叫出來）快點，跟我走。

族人丁：我找不到孩子。

副頭目：（著急的揮手）來不及了，等一下找，快走。

△戍守山口的，靠著岩牆居高臨下的優勢，勉強阻擋住步兵的侵入。但身後遠遠傳來
　樑木的斷折、不知是誰家人悽厲的哀嚎聲，讓他們從心底的慌起來，不斷的回頭看。
　幾個分神，他們被日軍打死了幾個前哨，愈發亂了手腳。

△努也納帶頭，拚命跳過橫塌燃燒的屋柱，想早一刻跑到山口。

△米田的石堤變得滾燙焦黑，穀倉全倒了，小米、山芋到處灑散，幾間還沒倒塌的竹
　屋也沒了屋頂。

△無辜的老人和小孩驚惶逃命。

△砲彈一落下來，本來活生生的人，忽然臉就炸空了。幾個地上呻吟的，肚腸迸洩了一地。還有走避不及的，被爆破的熱流硬生生撕成兩截。血污泥漿，像雨一樣的澆淋。
△趕到山口的努也納，遠遠看見蔓延上來的日軍。

努也納：放棄卡拉寶，都退到白木林。

△他焦急的大喊，四處躲藏的人跳了出來。手下的人紛紛衝上去肩了幾個帶傷的走。

副頭目：頭目，走了！

△努也納看到面前仆倒了許多弟兄，痛心不已。他跳過去，不放棄的使力搖著這些身軀，希望他們還活著。

努也納：希歷尤斯！

△努也納看見石壘邊臥著一個，認了出來。他像是受傷了，痛的全身流汗，撐著手肘掙扎的要站起來。

副頭目：（躍上來扯住）不能再去了，頭目！

△一陣噠噠猛烈的槍響。星星閃閃的光點，像大網一樣的罩過來。日軍的步兵在砲轟
　的掩護下開始搶攻。
△近距離的槍聲。

希歷尤斯：啊！（才扶住樹幹的手軟了下去，直直墜下）
努也納：（嘶喊）希歷尤斯！
副頭目：（大吼）日本人來了，快走。

△數面畫著太陽放射光芒的軍旗高高的揚起。
△副頭目和一個手下奮力的拉回幾乎要衝出去的努也納，在日軍先鋒踏進山口前，迅
　速逃向後方。
△衝鋒隊上來了。
△一伍一伍的士兵挨著伏進，進行最後攻堅。屋舍一幢幢的坍倒，能隱蔽的地方愈來
　愈少。那些被迫現身負責斷後的，早就被左右等待的槍口瞄準。跑不出幾步，就在
　狙擊的彈光中橫橫豎豎的倒下。
△身上只披著破布的老婦，發狂地尋找親人。逃進白木林的人，個個蓬頭垢面，像亂
　石一樣的蹲著。懷裡的嬰兒，因為驚嚇而嚎啕。父親絕望地把小兒子的屍體棄置身
　後。一團哄亂。
△日軍嚴密的包圍搜索。進取有法的步兵交叉前進，火力更熾。被俘的人愈來愈多。
　這些無助的、落單的人，哭號地抱在一起。

【第六十三場】

景：卡拉寶　　時：中午　　人：太魯閣老婦、男孩、男子

△從天空向下俯望，最後一間竹屋著火了。
△緊縛的蓋頂茅草還沒燒著，就被火焰的熱流捲上天徹底的飛散，露出了還躲在下面
　的人。
△老婦拉住男孩，靠著一個男子，緊緊抓著床板邊的木柱。他們絕望的看向天空。
△樑垮了、牆倒了，大火蔓延成沸騰的火池。濃煙一股黑一股白的冒上來，他們像灶
　底的炭木一動也沒動。天空上聽不到他們的聲音。
△（俯角、近景）直到面目熔了，他們仰望的眼瞳裡還亮著愈來愈白的火光。

【第六十四場】

景：卡拉寶　時：下午　人：日軍

△ 對著一具斜趴在地面的屍體，刺刀尖又捅了下去。
△ 士兵奉令清理戰場。
△ 一雙雙沾滿血漬的陸軍布靴，踏過還未冷去的灰燼。
△ 手鍬、短刀、斷裂的杵臼、織布筒隨處可見。地面像河灘大退潮，一孔一孔、密密麻麻的全是血沼坑洞，皮皮肉肉像濕塌塌的水藻。
△ 亮閃的長槍刺刀，朝一地剛死的敵人身上戳刺，等刀尖從踩住的軀體上拔了出來，才有人跟上來抬走。
△ 卡拉寶化成焦土。
△ 擄獲的社眾集中一處，屍體集中一處。

【第六十五場】

景：白木林　時：傍晚　人：瓦拉比、西巴瓦旦、努也納

△ 晚霞時分，屍煙沖天。
△ 地面上飛濺的殺戮，染得天空的雲朵猩紅似火。厚沉的積雲，從外海一堵一堵地湧進來，逐漸飄攏了上空，彷彿把這片山區整個吞進了巨大中空的鐘乳岩洞裡。四處蔓生的野茅，被風壓得亂揚亂倒。
△ 雲色漸暗，天空，開始滴下了眼淚。
△ 側身白木林的瓦拉比仰望天色。雲色轉為紫紅。
△ 瓦拉比回身蹲下，用短刀在地上劃出一條線，低頭和西巴瓦旦、努也納說話，然後在線的頭尾畫了一條截線。
△ 努也納點頭，霍地站起。身旁一顆日軍的頭顱不穩地翻倒，露出頷下碗大的血口和嘴唇上的八字鬍。頭顱滾了幾滾，被一段樹根卡住。

【第六十六場】

景：室島軍帳　時：清晨　人：室島、日軍、托洛克人

△拂曉，風雨交加。

衛　兵：（OS）報告，報告，瓦拉比攻上來了。

△室島少尉，被執勤衛兵的急報驚醒。立刻跳下床。
△全隊二十餘人在軍帳前排成三列，瑟縮著。
△天色尚陰，強風撲打著，數頂軍帳被時左時右的拉扯。風中刮著濃霧，十步之遙就
　一片白，能見度很低。

托洛克人：（遙指山頂跳嚷）瓦拉比，瓦拉比……。

△室島持望遠鏡順著望去，什麼也沒看見。

室　島：（對衛兵）被蕃人占了山頭就糟了。走走走！去看看是怎麼回事。

△他整了整隊伍，在托洛克人的帶領下前往查看。
△軍帳下方的草叢裡，斜掩了幾具屍體，光裸著上身，幾個肩袋散落一地。

【第六十七場】

景：凹地森林　時：清晨　人：瓦拉比、努也納、室島、日軍、托洛克人

△部隊進入一處雙股稜線中的凹地。凹地藏在高聳的闊葉林下，算是空曠。滂沱的雨
　聲，隔在密密的頂冠外，樹下反而安靜。

室　島：（四處張望，不耐煩的吼著前面的人）瓦拉比在哪裡？

△四周忽然冒起一大群人，將整個小隊圍住。他一呆，趕忙擦去臉上的雨水。

△一陣槍響。

△帶路的托洛克人忽然把白頭巾扯掉，掉轉槍頭射擊。室島的部眾紛紛倒下。

△一人持槍走到仰倒的室島面前，正是瓦拉比。

△室島嘴裡冒著血泡，不能言語，直瞪瞪地朝上瞧。他看見一個血糊糊的高大人影，在眼前飄動。隱約一柄彎刀，鞘上一個大口盆張的蕃人鬼怪，在他頭頂上晃著晃著。

△瓦拉比怒氣難耐，倒轉槍托摜了下去。這一摜，把他的鼻骨打出一個窟窿，連兩顆眼珠子都蹦了出來。

△埋伏林中的也都現身走了出來。

△方才的托洛克人走近，為首一人脫掉軍衣，露出裡面的皮衣，原來是努也納。

努也納：這場風雨真是祖靈賜給我們的機會。

瓦拉比：走，和西巴瓦旦會合。

△山頭砲陣地上，罩在砲衣下的臼砲被推下了溪谷。

△一柄山刀揮過。室島軍帳的木柱被砍倒了，帳幕垮下一邊。裡面倉皇跑出來的四、五個衛兵，全遭射殺。

【第六十八場】

景：立霧溪　時：日　人：西巴瓦旦、雅卡隆、歐都、軍官、士官、日軍

△一處曲流。

△岸邊的幾個士兵正繫綁著流籠。

△軍士官一前一後的，站在溪中流的巨石上吆喝指揮。

△二、三十個赤條條的軍伕，拉著綞，把幾根砲管粗的杉木從對岸拖過溪流，旁邊幾
　個人站在淺水處協助扶著。

△圓杉在石縫間嵌穩之後，軍伕再逐一綁上橋面用的枕木。

△岸邊搭了兩頂軍帳，有兩個班的兵力在機槍陣地裡防禦警戒。

士　　兵：蕃人進攻了，快開槍啊。

△（噠噠噠、篤篤篤）

士　　官：卑鄙的蕃人！竟想來偷襲，射擊！射擊！

△士兵緊抓著機槍射擊，震得兩隻手都發麻。

△幾個伏進的，被機槍彈迎面掃到，像撞上岩石般的甩到地上。後面又跟上了。

△彈雨中，有的人跌入水，還未站起，又被射落下去。後面的人踩過前面浮起的身體，
　繼續向前。巨石下激越的水花一圈吞過一圈。水流上的屍體愈來愈多，堵在石塊之
　間。重重疊疊，幾乎要阻斷了溪。

西巴瓦旦：給死去的人報仇啊！都不要放過！

士　　官：這些人真的不要命了嗎？（朝後大喊）長官，通報司令部，請求
　　　　　　支援！

△士官睜大了眼，也看不清這些似鬼非人的蕃眾究竟有多少。只見這群像野獸般的黑
　影才打下一個，又冒起一個，正面和兩翼都被匍伏逼進。那些年輕的兵，兩手雖然
　都死扣著板機，心底早已膽寒。

△最左邊一挺機槍，像是沒了子彈，射擊聲忽然停了。士官轉頭看，那機槍兵顫著手
　慌張的在退彈鏈。

士　官：扣好板機，繼續打，不要讓蕃人得逞。

△（靜聲，慢動作）士官奔了過去，熟練的撥開槍機，滑動整條彈鏈退出卡彈。就在這幾秒，雅卡隆抓住機會，幾個箭步從側壕中跳進陣地。他沒有帶槍，一躍上陣地就抽出短刀，和那個士官撲倒在一起。

△原來掩蔽著的看見機會，蹲了起來朝陣地裡的士兵射擊。

△西巴瓦旦、歐都奮力的跳上壘堤。

△雅卡隆擰著士官滾了幾滾，冷不防被他抽出的短槍在下腹開了一槍，翻倒一旁。

△歐都的彎刀劈落，把一個機槍兵的右臂連肩帶手的分了身，上身趴倒在石堤上。

△後面的人一擁而入，全踩上壘堤，迎面就砍。

△機槍翻倒了。那些兵還來不及喊，就被前胸後背揮來的利刃盡數砍倒。

△西巴瓦旦咒罵著，手臂和整片肩背上都濺了血。他揮刀，攔腰砍向一個兵。那人慘叫一聲嵌著刀倒地。他無暇取刀，橫拉又扳倒一個，順手抓起石塊，斜甩打了下去，咵答砸碎了那人肋骨。他亂髮披散，直撲陣地後方。

△營帳旁的軍官正在通訊求援。

△士官掙脫出來，用手槍又打死了兩個，卻被蜂擁的圍住。他看機槍陣地已破，沒了生路，又退後兩步，站直了身舉槍自盡。

△軍官丟了話筒驚惶的掏出手槍。他扣下板機，朝著向他撲來的西巴瓦旦射擊。這一
　發沒有擊中，被他從側面撞向石牆，兩人扭擠在一起。西巴瓦旦蠻力大，脫手就掐
　住他的咽喉。濕滑的手掌像麻索一樣地緊緊絞下、緊緊的擰。軍官空蹬了幾下，喉
　嚨裡呃呃的沒出幾口氣，就像鬆軟的人皮垮了下去。

【第六十九場】

景：立霧溪　時：日　人：西巴瓦旦、瓦拉比、努也納、阿桑泰里、
漢人軍伕

△落在溪這岸的人，除了幾個戴著笠、穿了鞋的，其餘全是一身精光，都是漢人軍伕。
　他們看到轉眼間死人橫躺一地，全驚慌地下跪，哀聲討饒。

西巴瓦旦：把橋拆了。

△拉住吊橋的最後一股麻索的被山刀一砍而斷，整個橋身立刻垂了下去，前端蕩入溪
　水中。另一人揚手砍斷了樹幹處的麻索頭，一只流籠順水飄了下去。
△部眾舉槍歡呼，紛紛割斷綁住木橋的繩索，將橋幹和枕木盡皆放流而去。
△西巴瓦旦站在雅卡隆和陣地內外亂陳的屍體前，靜靜看著，什麼話也沒說。臉頰上
　的血，緩緩滴落到前胸。幾個人合力把屍體拖到一個草坑，埋著。他環顧著身邊還
　活著的人，盡是被槍打中的、給銳岩劃出皮肉開口的、負傷垂亡的，忽然沒了勝利
　的快感。
△瓦拉比、努也納到了。
△瓦拉比走了過來，握著他的肩膀，點了點頭。

努也納：（OS）阿桑泰里！

△西巴瓦旦順著看去，只見努也納身旁躺了一人。他連忙搶上去看。

努也納：剛才被蛇咬的，他一直說沒問題，沒想到……

△這人臉腫過頸，上半邊的胸背瘀青泛黑。面皮上冒著大大小小、透著血絲的水泡。
　努也納喚了他幾聲，人已昏迷不能言語。

努也納：支持點，我們贏了。

△努也納搖著他，卻見那人漸漸僵直沒了氣息。他瘋了般的叫著他的名字，手骨緊緊
　摟著他的身體。
△西巴瓦旦等人非常的傷感，幾乎落淚。

漢人甲：（OS）那蕃仔是怎麼？
漢人乙：（OS）好像是給蛇咬死啊，可憐。

△努也納聽到身後人聲。猛回頭站了起身，是那群漢人軍伕。
△他瞪著他們，愈看愈恨，猙獰地從腰間纏著的彈鏈上撥下數顆子彈，喀喀地拉上槍機。

瓦拉比：（嘆）算了，我們走吧。

△努也納像沒有聽到，舉起槍。
△砰的一聲，右手邊一個軍伕立時被打的仰頭翻倒。

漢　人：（齊聲）饒命——饒命啊——。

△被打死的那人上身全浸到了溪水裡。被水一帶，身體歪向下游，只剩兩條腿露在水
　上。一大片的血從水底冒起，在水面上拉長成一條條殷紅的血線，順流而去。
△西巴瓦旦也恨恨站起，舉起槍。正瞄準，突然覺得槍管一沉。砰的一聲。子彈打在
　三步之前的石灘上，濺出了火花。

瓦拉比：（OS，與以上畫面同時進行）（大吼）這些漢人，日本要多少有多少，
　　　　你殺的完嗎？

△漢人嚇得緊緊靠在一起，講不出話。

西巴瓦旦：（喊）我要殺光這些人報仇。

瓦拉比：（注視）先想想怎麼救活自己吧！把弟兄埋了，把悲傷也埋了。

△瓦拉比翻頭就走。西巴瓦旦見狀，恨睜睜的撤下手，讓餘眾扶著傷者離去。
△溪旁這群漢人，直到瓦拉比等人都走遠了，仍顫抖的合手膜拜，喃喃有辭。

【第七十場】

景：森林　時：日　人：瓦拉比、努也納、西巴瓦旦、拉夫南、太魯閣人

△林間山徑。
△杉林密織，交錯的枝幹間濾著盈盈的光波，美麗而寧靜。

努也納：哈洛庫已經投降，我們不知還能支撐多久？
瓦拉比：我們得另外想辦法。
西巴瓦旦：如果不行，我們就再往陶塞躲。
努也納：這也是個辦法。或者我們往古白楊退，先和撒提會合再說。
瓦拉比：不知道撒提那邊怎麼樣了？

△正走著，他看到前方臨時搭起的哨台上空無一人，只剩垂落的藤索晃著。
△附近幾株枯幹，空無一葉的枯枝像數十支大竹帚般抓向天空。
△一念不安閃過瓦拉比腦中。
△努也納有些納悶，上前叫了幾個名字卻無人應答。

努也納：（往前觀望，又走回來）奇怪，人都不見……。

△他才走近，忽一下倒向瓦拉比，整個人都滑了下去。瓦拉比以為他絆倒，正扶起他，赫然看見一支竹箭。尖銳的箭鏃正插喉頭，迸出一片鮮血，濺紅了前胸。人當場就僵著身凸著眼斷氣。

瓦拉比：努也納！（大驚）小心，有敵人。

△ 就在同時，外面嗶嗶聲響起。白光閃動，還有許多飛箭從樹頂射來，許多人不及驚叫就倒下了。

△ 呼地又一支矛，直挺挺地插在右腳前不遠的地上，嗡嗡地抖動。他使勁推掉努也納的屍身，竄到一棵樹後面。

瓦拉比：（大喊）走。

西巴瓦旦：（揮手）危險，趕快離開這個樹林。

△ 倏忽一箭，將一族人釘死在樹幹上。

△ 西巴瓦旦掩蔽不及，左腿中了一槍，跪了下去。

△ 僥倖逃過狙擊的，還不知道敵人在哪裡，聽到瓦拉比的叫聲，全跟著逃去。

△ 西巴瓦旦跑不上去，情急中翻進一旁凹坑裡，沉著頭躲著。

△ 槍聲才緩，他朝前方有蔭的樹裡看去。只見許多和他膚色同樣黝黑、連背弓拉箭的模樣都相同的人從樹頭紛紛跳下，追趕而去。

△ 人走光之後，西巴瓦旦轉身想去撿回掉落的槍枝。

△ 一雙略形乾瘦的小腿，不知何時踩在他眼前不遠的地上。一襲熟悉的菱紋織巾飄動著。菱紋裡，還繞著菱紋。

西巴瓦旦：這是……。

△ 抬頭看去，是一個老者披著這襲方巾。那人的耳垂穿過兩個大圓的竹管，眉心上去幾道墨黑的刺紋，雙手環抱胸前，方巾裡裹著微彎的身脊。

西巴瓦旦：（驚訝）拉夫南！

拉夫南：（冷冷）很久不見了。五年了吧。

西巴瓦旦：真的是你，拉夫南！為什麼？

拉夫南：為什麼？

西巴瓦旦：（大吼）為什麼幫日本偷襲我們？

拉夫南：我還沒有問你，你的手總共殺了我多少人？

西巴瓦旦：是你自己闖進來的！

拉夫南：又來了。（笑著搖頭）當年你也是說，誰也不准踏進你們的獵場。你怎麼一點都沒變？

西巴瓦旦：當年是你輸，是你親自畫下奇萊山作界線的。

拉夫南：沒有錯，就是我畫下的界線。不過，你知道我這五年是怎麼過的？不好過啊。族人走過我身邊就低頭。不是怕我，是怕侮辱了我。他們沒說，可是我聽的到，他們偷偷在說：「他就是輸了奇萊山、輸給太魯閣的大頭目。」西巴瓦旦，其實我想回來已經很久了。即使日本不來，我也會來的。這回見面，我來看看老朋友，也來看看這次是會輸，還是會贏？

西巴瓦旦：你有勇氣的話，就到西拉歐卡來見大頭目。躲在這裡偷襲算什麼？

拉夫南：（笑）西拉歐卡？西拉歐卡恐怕等不到瓦拉比了。

西巴瓦旦：（大驚）你說什麼？

△這瞬間，西巴瓦旦忽然弓起腳，躍上去探手取槍。
△一把黑亮的短槍從拉夫南方巾裡暴露了出來。
△槍口冒起白煙。
△西巴瓦旦的腰後中彈，仰倒。他臉痛苦的扭曲起來，反手壓住傷口。

西巴瓦旦：這是祖先的森林！你不配當頭目，不配去見祖先！

拉夫南：（怒）你也知道我們是同一個祖先！（走近）現在太魯閣是祖先的森林了，以前怎麼說是你們的森林啊？你告訴我。

西巴瓦旦：日本要佔這裡，他們不會給你的。

△西巴瓦旦額頭冒汗，熱血止不住的流過手掌。

拉夫南：是嗎？日本大頭目不是這樣說的。（詭笑）我告訴你。他答應我：「只要是太魯閣輸的，就是托洛克贏的。如果你們都不在，那麼奇萊山下每一個獵場，都屬於托洛克。」他這樣說，是不是很公平？這樣，我再也不用擔心動物不夠，不用擔心米田不夠。你說，他們大頭目是不是很好？

西巴瓦旦：這是我們的森林……

△ 他奮力的叫，但聲音卻如吹氣般的微弱。

△ 眼前，糊糊地淹滿了許許多多拉夫南的身影。

拉夫南：啊，可憐的西巴瓦旦，你忘了嗎？不是的。這不是你們的森林，
　　　　這是贏的人的森林。這是你教我的！還有，大頭目還說，槍，
　　　　只要是消滅了敵人，就是送給朋友的。

△ 這次，拉夫南把槍管對準了他的左胸。

△ （原住民歌聲）
　　「如果我像枯松的落葉
　　　如果我像滾落的石頭
　　　在彩虹的橋頭
　　　在奇萊的山頂
　　　我將回到祖靈的家」

【第七十一場】

景：山稜崙頭　時：日　人：瓦拉比、太魯閣人、托洛克人

△ 槍口連著砰響。

△ 追在前頭的那人低頭閃過，但他身後另一人被子彈貫穿了胸背，張著口，滾木似的
　摔下山溝。

△ 瓦拉比手下這兩槍暫時壓住了追趕的速度。他反手抓了槍趕了上去。眾人跑出林
　外，不敢稍有停歇。

族　人：頭目，要走哪裡？

瓦拉比：難道西拉歐卡被偷襲了？留守的人不知怎麼樣？看情形不能回
　　　　去了，到古白楊！

△ 他一揚手，剩下的人跟著轉出支稜，朝東方而去。

△ 瓦拉比奔到山稜上一處空蕩的崙頭，只長了幾株小樹。

△他喘了口氣，正想回頭集合倖存者時，突然眼前一閃，一支竹箭從正前方的灌叢中
射出來，呲一聲正入左腹。他幾乎站不住，差點跪了下去。磕磕絆絆之間，猛地又
覺一箭刺進肩骨。他鬆手掉了槍。

△眼前出現了一排人，平舉著槍。

△（靜聲，慢動作）他蹣跚兩步，瞥見胸口泌出鮮血，左右也一一仆倒。

△瓦拉比勉強睜開眼睛，射擊停了。他看到人影逐漸靠近他，都綁著白頭巾。他們不
是穿著短衣胸兜，而是穿著日本軍服，但他們全是托洛克人。

△他感到比死亡還深的刺痛。

瓦拉比：（痛苦狂嘯）好兄弟啊，怎麼是你們？（仰天）立霧啊，用血染紅
　　　　奇萊！叫彩虹所到之處，都記起太魯閣！

△溪谷上方，白濛濛的高空浮起一圈日暈。薄薄的純亮螢光，圈著中間一團岩石般的
灰白。

△瓦拉比身披數創，圍住他的托洛克人漸漸靠近，但不敢貿然靠前。

△美麗的彩虹自天際橫來，跨過立霧溪谷。

△一個膽子大的托洛克人，從後頭欺近，三個箭步跳上，反手橫刀，使盡氣力削了出去。

△瓦拉比的頭顱，就此斜飛了出去，直落入雲霧不見底的溪谷中。

△（紅色調）千公尺之下，白花花的水依舊滔滔奔流。

【第七十二場】

景：山稜齋頭　時：日　人：荻野、副官、通信官

△部隊與托洛克人整齊的分站兩邊。

副　官：首級雖然遺落，但首功者仍以十個首級論賞。其餘在場追捕的
　　　　蕃人，都以兩個首級登錄戰功。

△通譯向托洛克人轉述，引起一片歡呼。

△荻野走來。

副　官：（朗聲）報告，我們贏了。

荻　野：（環視一地躺倒的軀體，淡淡的說）是嗎，除了土地，還有什麼？

△副官愣住，不明就裡。

荻　野：通報司令部，開動全軍。

通信官：是。

副　官：首惡的頭顱遺落，要不要將屍體帶回？

△荻野並未答話，轉身走回瓦拉比的屍身旁。
△他脫下軍帽，托在胸前，靜靜注視著。副官與他身邊幾個下屬不明所以，面面相覷，
　但也紛紛脫帽。
△荻野左手扶正了軍刀柄，並腿肅立，行了一個注目禮。

荻　野：（轉身離開）埋了這位勇士。

副　官：這……。

△荻野斜過頭，瞪了他一個眼神。
△副官再不敢議論。回頭立即找來了人手，將屍身抬到凹坑中覆土成塚，搬來大小石
　頭壓在上頭。
△兩支上紅下白的信號旗幡，隔著溪谷，高昂地豎了起來。
△接續回第三十七場末。
△依娜不可置信的聽著。

長　老：山裡到處都是白煙，幾個大社燒得全是濃霧，什麼都燒光了，
　　　　什麼都看不見，看到的只有死人。炮聲、槍聲，整天沒有停過。
　　　　我從來沒有看過這麼可怕的戰鬥，那真的是要殺光所有人、要
　　　　滅整個族，絕對不饒了。

△長老在太魯閣山區潛行，尾隨日軍，見到處處烽火。

長　老：(OS，與以上畫面同時進行) 我偷偷跟著日本軍隊，晚上就找樹洞躲。等等等，機會，終於是給我等到了。那一天，太魯閣的頭目都退到西拉歐卡。

【第七十三場】

景：總督軍帳　時：日　人：佐久間、稻垣、傳令官、侍衛隊

△佐久間與軍醫稻垣正在帳中。

稻　垣：蕃人這麼強悍，真是可畏！

△傳令官進帳。

傳令官：前線傳報「蕃首已死，前進見合」。

△佐久間聞訊不由得拍桌道好，站起身來。

佐久間：通知平岡，立刻發起衝鋒。集結所有中隊，乘勝追擊，務必一舉攻破蕃人最後的巢穴。

稻　垣：總督大人，得之不易，這一刻久等了。

佐久間：(欣慰貌) 虧得將士用命，方有這番成績。如今巴托蘭已滅，外太魯閣已降，瓦拉比這一死，內太魯閣就像毒蛇拔了牙，野豬去了蹄，餘皆不足畏。稻垣兄，我們這一趟，總算是值得。

稻　垣：您以總督之身親征太魯閣，放眼皇軍之中，這第一將領非您莫屬。

佐久間：待大軍平了太魯閣，南蕃就成囊中物，我們蕩平全島指日可待，蕩平全島指日可待啊。

稻　垣：我得先向大人道喜了。

△兩人仰首而笑。

△佐久間戴妥軍帽，著上長外套。一走出帳外，立刻受到侍衛隊熱烈的歡呼。

侍衛隊：萬歲，萬歲，萬歲！
佐久間：（樂呵呵）走，隨我到上面去，坐看我討伐軍今日成大功。

△他手持軍刀，大步邁開，只與這幾個隨扈走上山頭，準備親自瞭望，觀看這歷史性
　的一刻。
△草叢間閃過窺視的目光。
△岩坡上有些岩屑滾落。

【第七十四場】

景：西拉歐卡　時：日　人：頭目、烏朗、佐久間

△佐久間只和幾個侍衛軍官站在山崖上，隔著溪遠遠地觀看。
△躲在高處的長老大叫一聲，衝了出去，拚命地跑。
△侍衛軍官見突然見到有人，都嚇了一跳，全持槍追趕上去。

△佐久間背後慢慢走出一人。

長　老：（OS，與以上畫面同時進行）我們連一支槍都沒有，只得跑。等他
　　　　們聽到佐久間的慘叫，嘿嘿，已經太晚了。我們族裡的第一勇
　　　　士立了大功。他躲在另一邊，等他們都跑過來追我的時候，突
　　　　然跳出來，對著那個白鬍子，當胸就是一箭。那箭，可是達哈
　　　　他爸爸的箭。你知道這個勇士是誰嗎？

△佐久間驚覺之餘，已經中箭，連人帶箭滾下山坡。
△接續回第三十七場末。

長　老：這第一勇士，就是我們現在的頭目。那個佐久間中箭之後摔下懸
　　　　崖，居然沒死。不過也受了重傷。聽說一個月後才送回埔里，給
　　　　他多活了一年才死。那次出發前，頭目、巫師和我，就是在這裡
　　　　向祖靈祈求原諒，祈求祖靈保佑我們成功。因為要向太魯閣懺悔，
　　　　為族人報仇，這是最後的機會。這件事我們三個人從來不說，也
　　　　沒有人知道。依娜，你知道我為什麼要告訴妳這件事嗎？

△長老的眼光像頭頂落下來的陽光，熱辣辣的。
△依娜隱隱猜到，卻沒講話。

長　老：我和妳說這事，是要妳從現在起，徹徹底底地認識日本人。
依　娜：長老……。
長　老：依娜，聽我的話，遠離井上吧。
依　娜：（囁囁）我沒有……。
長　老：我看得出來。依娜，我從小看妳長大的。井上是個不錯的青年，
　　　　可惜是日本人。而且，你想過達哈沒有？我必須告訴妳這段往
　　　　事。依娜，我不想責怪妳。但是妳這樣下去對大家都不好，我
　　　　希望妳答應我。

△依娜聽得全身發冷，半天說不出話。

【第七十五場】

景：部落某處 C　時：昭和六年（1931）秋日　人：井上、族人

△井上獨自在部落中走著。
△（原住民的小米歌和聲開始）
△秋意漸濃，豐收處處。
△淡藍色的縱谷，浮出滿滿的綠。蒼翠的顏色，在水雲之間無盡地向前延伸。
△疊石堤間綠油油的小米田，株株都是飽和的穗條。壓彎的穗，像倒懸的雞毛撢子。嗦嗦沙沙的，十分悅耳。
△有些人家，已經開始採收。幾個人通力合作，綁起一把把的穗桿，把小米粒抽出穗莖，然後鋪在屋外的空地上，一方一方的曬。除了小米之外，還有一些瓜類、豆莢、玉蜀黍，也都一併在前庭曬著。
△（原住民的小米歌和聲轉為背景音樂）
△幾個婦女一起邊哼歌、邊舂搗小米。

井　上：(OS，與以上畫面同時進行) 文明落後之地，卻保存了世人渴望的寧靜生活。文明不平等，但人是平等的。壽命平等、真誠平等、喜樂與憂傷也平等。日出日落，生命代代的傳續。異鄉，卻像故鄉。

△井上在筆記簿上寫著字。

【第七十六場】

景：部落某處 C　時：日　人：井上、依娜、婦女

△屋外竹竿上，一匹匹晾乾的麻線整齊的垂落。
△一群婦女坐在一起織布。
△井上拿著紙筆，看著依娜她們織布。紙上寫著「織布的慣習」。
△婦女坐在竹蓆上，將水平的織布筒固定在腳前及腰際，熟練的將整束麻線撐開，然後層層推排，反覆穿梭。
△依娜織布筒上的線條與顏色，輕盈地跳躍著，布面已經成型。

井　上：（對依娜）你織得真好！

△（近景）布是藏青底色，中間鑲有十字繡，邊緣綴著花葉形紋，是習見的底樣。但是，布面上另以橙、黃、綠三色細線夾織，如麥浪一波橫過，活潑大膽，收勒在布邊上。雖是素淨的織品，卻多了幾何曲線的靈巧律動，兼有古樸與現代的韻味。

依　娜：這是學小米田和山的樣子，還有，就是你那些石頭的紋路。
井　上：你真是個藝術家！

△依娜聽了很高興，卻一念想到烏朗，嘴邊的話便吞了回去。她斂了笑容，低下頭繼續作。
△井上沒有察覺，麻線梭摩的聲音讓他覺得安詳。而婦女間雜的笑聲，更讓他懷疑這裡是世外桃源。
△（原住民的小米歌和聲停止）

【第七十七場】

景：部落某處 D　時：日　人：巡查、族人

△兩個族人右肩上扛著木頭走過。
△十字鎬、圓鍬、鐵鏟、裝滿砂石的麻袋隨處可見。
△族人正修建著村裡對港口的道路，烈日下揮汗如雨。
△幾個巡查持槍站在一旁，輕鬆著講話。

【第七十八場】

景：部落某處 E　時：日　人：族人

△竹竿頂揚著數把苧麻絲。幾根高聳的竹竿，立在進入族裡的藤橋邊。
△一個族人砍了幾截黃楊枝，削去木皮，在路口的地面中央連續插了一排。
△新釀初開的一罈小米酒旁，幾個族人品嚐著氣味。
△集會所外少年進行著負重競技，叫嚷聲不斷。

【第七十九場】

景：祭典會場　時：夜　人：頭目、依娜、達哈、瑪卡、族人

△ 夜幕漸攏。
△ 祭場的東側立著一只石柱，柱頂有個拳頭大的眼孔。南北兩邊攔著竹柵，紮著密簇簇的白茅。西邊則是一座塔狀的疊柴，堆架著劈好的薪木，將近有一人高。旁邊的竹架上，倒縛了幾口黑豬。
△ 祭場中央的羊皮上獻置著數塊小米糕、還冒著熱氣的藤芯。一旁走來幾個婦人，從藤籃中將醃製好的豬後腿肉、荖葉包好的檳榔取出來。
△ 二、三十個裸著上身的青年，沿著祭場並肩繞成一圈。他們頸後披著鑲貝的長帶，手腕和上臂繫著用樹皮搓製的繩環。前額的藤圈上，紮滿了一尺長的羽翮。白羽鮮亮的顏色，把他們赤坦坦的前胸後背，突顯得更形強健。
△ 依娜在土坡上招呼著孩童坐定。
△ 長老陪著所長、校長與幾個巡查走來，在稍高處一個平台坐下。井上跟在最後。
△ 第一顆星星在夜空中閃閃的亮起。

族人甲：(看著天空) 時間到了。
族人乙：點火！

△ 祭場旁待命的少年一聽指示，便把手中的火把丟上疊柴頂。
△ 細松枝猛然點著，引了火苗霹啪霹啪愈來愈響的燒。火光很快就佔了半天高。
△ 頭目拄著一根光潔的芎木杖，盛裝步入中央。他罩著一件老皮衣，紮束在寬幅的腰間帶裡。成串的貝板珠飾沿胸垂落，腿布上繡著和臉頰相同的刺紋。
△ 跟在他身後的，是族裡年逾半百的老人，他們是一身紅黑繡邊的對襟禮服。
△ 四面靜寂，只呼呼著熊熊火聲。
△ 老人於圈內坐定後，頭目像是進入冥想般的皺起半白的眉，蒼老的聲音迎風呼喚。
△ (原住民歌聲)
　「久遠的祖靈
　回來吧
　請祢來享用新鮮的小米
　請祢來享用美好的酒
　在這潔淨之地

久遠的祖靈
請祢護祐我們的孩子
如黃藤般的堅強
如小米一樣的永遠繼續

久遠的祖靈啊
請祢回到族人的身旁
帶引所有的靈魂
遠離惡靈的傷害、魔鬼的欺騙
在這充滿善靈之地」

△火焰裡一段紅透的炭木垮斷，冒起衝鼻的狼煙，把松針殘屑捲入天空。
△頭目唸完祭辭，將苎木杖在地上連敲了幾下，外圈的男子便開始低沉的唱起。青年雙手開敞地與左右同伴交叉握著，緩緩邁開步伐。
△（原住民歌聲）
「那魯——伊那——喔那呀——」
「哈——魯——拉赫——」
△達哈、瑪卡這一輩的青年領在前面，他們繞了幾圈，歌聲漸漸宏亮。
△白羽、鮮豔的長帶，產生一種波浪般的視覺感。腰後垂繫的下襬，在大步踩的俯仰、擺盪中連成了一片。集體的精神、戰鬥的力量，從雙腿壯實的肌肉中踏了出來。舞動中，交握的臂膀上筋肉浮起，汗水潤濕的手腕間掐的更緊，聲音唱的更高亢。一團炙熱的興奮，主宰了舞者的身體。
△依娜看著達哈，感到光榮。也偷偷望著他俯身時的腰和腿，望著他手臂伸張的弧度。
△（原住民歌聲）
「彎彎月亮呀，已經升起來。
那魯灣那，那魯喲呀噢。
翻越高山，踏過溪水，勇敢的戰士回來了。
喝酒，喝酒，我們一齊來跳舞。
荷伊呀嘍喲英。」

【第八十場】

景：祭典會場　時：夜　人：長老、所長、校長

長　老：來來來，喝喝今年的美酒。

△長老叫人舀了幾碗酒，端到所長一行面前。巡查都不敢貿然去接，望向所長。

所　長：既然來了，大家不要拘束。難得長老慷慨，舉杯，舉杯。

△所長一手平放膝前，一手接了碗。巡查聽所長應允，紛紛接過了酒。

長　老：歡迎歡迎，所長先請，先請。
所　長：嗳，今晚是個好日子。我們別分你，別分我，大家請。好喝啊，可惜廳長沒有時間與我們同樂。不過，他對我們非常滿意。來，謝謝烏朗長老的安排。

△校長與井上也敬過長老，感謝他親自招呼。

長　老：接下來就是慶祝小米豐收了。所長，來，一起來吧。
所　長：（對校長）我這些人還有任務。這樣，我們兩個老的去，也可以好好盡興。
校　長：（笑）求之不得、求之不得。

△校長扶了板凳，哈哈的站起。
△所長回頭使了個眼色，巡查全肅立起來。

所　長：（笑）小子們要維持好秩序啊。

△所長半醉半笑的說完，便醺醺然一般的與長老併步走下山坡。

【第八十一場】

景：祭典會場　時：夜　人：依娜、井上

△依娜正看著，忽然一個人坐到她旁邊，是井上。柴火的焰光照著他，顯得紅通通的。

井　上：你們不需要在祭舞裡嗎？
依　娜：不，迎靈送靈，只有男人才參加。
井　上：聽說祭典以前都不讓外族人參加？
依　娜：是啊，今年是例外。

△井上把一個本子攤開，上面已寫滿了字。細看之下，其實本子上的字不多，卻有不少幅素描，把祭舞的場面都畫在紙上。還有幾個人物寫真，描繪著不同的服飾穿戴，有正面的、背面的。

依　娜：(笑)今天是來歡樂慶祝的，你怎麼還在作工？

△依娜抬起頭看他。不想井上也正抬頭，兩人眼對眼。依娜又把頭低下，還看著那本子。

井　上：這不是族裡最大的節日嗎，怎麼能錯過？我在台中台北的部落，都沒看過這麼大的祭典。對了，剛剛頭目拿著木杖有什麼意義嗎？
依　娜：木杖啊？(撿起腳邊的一根枯枝，在地上畫了圈)拿著木杖，代表驅除邪惡。頭目唸過咒語之後，神靈會降臨圈中，就是中央擺酒的地方。迎靈之後，由老人向祂祈福，年青人跳舞轉圈，惡靈就不敢進來。
井　上：咒語？我沒聽見頭目有唸什麼咒？
依　娜：就是一開始頭目唱的，那不是歌，那是和祖靈講話的咒。

△井上哦了一聲，低頭扶著本子向著火光嗦嗦地寫。他筆快，翻過一頁又繼續寫。
△祭場中舞蹈的聲音再次昂揚。
△依娜聽了覺得舒暢，側頭看到井上還在寫，不由得伸手推了他的筆。

依　娜：不要寫，聽。

△井上覺得有道理，便擱住筆，閉起眼傾聽。
△場中流暢的曲，一氣呵成。
△依娜看著他，襯衫平平整整的扣著。依娜心中想著：他總是彬彬有禮，不是一般族
　人那種直來直往的性子。他的眼中，總有一個美好的東西懸在前方。而且，他喜歡
　我，這個感覺近在身邊。

依　娜：日本……。

△井上睜開眼。

依　娜：……也有這樣的祭典嗎？
井　上：應該說有。日本各地都有神社，每年祭典一到，也是很熱鬧。
　　　　不過我們都叫做廟會，也算是祭拜一種祖靈吧。

△依娜低頭想像著，有種模糊的東西在引誘，像是一種吸引力。

井　上：妳想不想去日本？

△井上忽然脫口而出。若有意，若無意的。
△依娜嚇一跳，彷彿被膠住了，覺得他一句話正問在心口上。
△他注視的眼神，熱熱地紋著她的臉。依娜低頭壓著枯枝，彎鼓鼓地戳著土面，心裡
　有個衝動想說是。
△井上等待著，感覺到心頭劇烈的跳動，覺得從未與她這樣的靠近。
△啪一聲，枯枝忽然折成兩截。

依　娜：（搖頭）不。

△她看著井上，隱去了某些感覺。她只是覺得，她應該說不。
△井上很失望。她答不，像是一種道別的聲音。

族　人：（OS）依娜，你不下去嗎？

△依娜猛一抬頭，旁邊有對情人牽手走過，喊著她。

依　娜：耍啊，走了。（掩飾緊張，站起身，對井上）你要去嗎？

△井上搖搖頭，看著她走開。
△依娜看著坡下頭，達哈正和一群青年朗聲飲酒。心頭卜通卜通的，湧上一股情緒。像是有種罪惡感，在數落她配不上心上人。她忽然覺得想哭，臨時轉入樹叢邊的一條小路，快步離開了祭場。

【第八十二場】

景：部落某處F　時：夜　人：達哈、依娜

△祭典剛結束，頭目、長老、所長、校長一群人還在場中閒聊。
△所長召了達哈、瑪卡等人，當面嘉許勉勵。達哈眼睛偷空地左看右看，卻看不到依娜。他隨意敷衍了幾句，便匆匆離開。
△達哈走上山坡。
△一個女子搬著裝滿糯米糰的竹籃，迎面走來。

達　哈：妳有看見依娜嗎？
女　子：沒有啊，剛剛還看她和井上在一起。就坐那裡（指著土坡）。

△達哈謝了一句就朝著走去，喚了幾聲，卻沒有人。
△他有點煩，邊跑邊四處望著，一顆心跑得比腳步還急。
△路上，達哈先繞去幾個他倆常去的地方找，都不見人影。最後，他在一處林子裡找到依娜。

達　哈：依娜——。

△依娜抬頭看他，沒說話。

達　哈：（生氣而大聲）妳怎麼沒有等我？

△ 他找的一肚子氣，把依娜抱在懷裡，喘著氣。

△ 依娜忍不住眼睛濕了。達哈背後的夜空明亮。星星眨著眼，每一顆都像看穿了她的心事。

達　哈：（看她流淚，口氣一下軟化）怎麼了，妳怎麼了？

△ 蟲聲唧唧，皎白的月光照著依娜烏黑的長髮，泛著銀亮。

△ 達哈手捧著她的臉，拇指抹過她的眼角，溫柔的順著鼻子，摸過嘴唇。

達　哈：是不是太累了？

依　娜：沒有……。

△ 達哈沒想到追問，兩人拉著手坐下。

達　哈：妳看，手怎麼又受傷了？

△ 達哈翻看她的手背手心，揉著她指頭。

△ 依娜覺得達哈深愛著自己，心中的矛盾頓時消解而有了答案。她暗暗責怪自己盪漾的心思。

依　娜：沒關係，過兩天就好了。

達　哈：以後如果有很多孩子，就會幫上很多忙。

依　娜：照顧小孩不是更忙？

△ 達哈聳聳肩。

達　哈：妳想過以後的事嗎？

依　娜：以後什麼事？

達　哈：像日本人說的啊，以後怎麼樣生活會過的更幸福？

依　娜：你不要讓我擔心，我就很幸福了。

達　哈：擔心什麼？

依　娜：擔心你哪一天被巡查抓走。我怕和你分開，永遠見不到面。

達　哈：不會的。

△達哈覺得酸酸的，伸手撫過她耳邊，指間又過頭髮。他安慰著，聲音卻乾啞啞的，
　彷彿自己也沒把握。

依　娜：你這次怎麼沒和所長發脾氣？
達　哈：這個事，你先跟我講了一次。頭目找我當面交代，長老又警告
　　　　我一次。我能有什麼脾氣？頭目的用意我也明白，我不是小孩。
依　娜：長老說，你愈大，惹出來的事會愈大。
達　哈：我真的那麼衝動？

△依娜沒有說話，只看著他。

達　哈：唉，我知道了。

【第八十三場】

景：部落某處 F　時：夜　人：達哈、依娜

△颯颯的風，吹出林蔭間一個缺口，地面上浮起一片寧靜的月光。彎倒的枝葉有規律
　的發出摩擦的聲音。
△對面樹椏裡「吱」一聲，像哨音般長長的掠過，飛過一隻滑翔的飛鼠影子。

達　哈：我想聽妳吹琴。

△兩人靠著樹幹坐著。依娜一手拿著口簧琴，一手拉著麻線，嗡嗡地吹起。簧琴上的
　竹面，泛著薄薄一層綠光。
△達哈近近地，看著她唇間的竹瓣，聽著，看著她喉嚨裡一動一動的。他把身上的長
　衣脫掉，胡亂地罩在兩人頭上。

達　哈：我要聽那首我的歌。

△依娜甜甜的笑，拭了一下簧片，又鼓著頰輕聲吹起。

達　哈：你吹的最好聽。

△與【序場E】的景象配合。
△達哈很開心，忍不住把她摟在臂彎裡。

達　哈：我問妳，妳為什麼喜歡我？
依　娜：是你喜歡我。

△依娜噗哧一聲放下竹管，全忘了方才難過的情緒。
△（突然聽到腳步聲）

達　哈：噓——噓——

△達哈聽到聲音，假裝害怕的側著耳，機靈靈的在嘴邊比著手。
△（腳步聲漸漸消失）
△依娜看他長手長腳窩抱著的樣子，禁不住又笑了。
△他也跟著傻笑，斜著頭，目光朗朗。大著嘴，咧著一口白牙。
△依娜躺在他腿上，側仰著頭看，感覺到腳邊微濕的草葉。樹幹上攀了柔軟的藤蔓，
　交纏著向上緣伸。高高的樹葉後面是一條深藍的大河，淹過無數星星，無數亮著光
　的沙子。
△達哈祭舞時戴在頭上的藤圈落到青草上，頭髮散了下來。他伸手撥去依娜前額一片
　落葉，看著她姣好的臉龐，不覺的低身靠近。
△重重的葉影遮著暗，並著夜空的流雲，沉濁濁的移著。星空微閃的光，在樹梢被風
　拉開的空隙間變得模糊。
△達哈野了氣息，伏在她的腰與胸上，後背張挺的肌肉延伸、又糾結，胸前的項圈潤
　濕了，腿下的青草也磨著汗。
△（極近景）她注視他眼睛中自己的身影。
△一個小男孩牽著她的手一步步涉過溪水，翻過傳說中的山壁和草原。

【第八十四場】

景：公學校的宿所　時：夜　人：井上

△方才無意間聽見他們講話的井上，快步走開。
△路上他被一根突起的樹根絆倒，也不覺得痛。
△回到宿所，他舀了一桶水，把頭埋進水裡。

【第八十五場】

景：捕魚溪邊　時：日　人：依娜、達哈、井上、族人、孩童

△村後的山溪。
△孩子拉著井上轉了出來。

孩子們：（歡呼）看，他們都在那裡了，很多人呀。

△孩子紛紛衝了下去。
△溪水一片碧綠，水裡前前後後站了十幾個人。有幾個人合手操著網在撈捕，有人在
　疊水道。卵石灘上，幾個女子一邊整理魚籠網具，一邊洗衣服。他們在石頭上敲打
　搓洗，然後晾在倒木上。有人提了灶鍋浸水，抓起腳邊的短草、青苔，來回磨去鍋
　上的斑漬。幾處火堆旁，有幾個剛洗完澡起來的人，正圍著取暖。

孩子甲：我也要吃。

△幾個臉頰紅通通的小孩，呼嚷地圍著依娜。

孩子乙：講故事。
孩子丙：講故事。
依　娜：好，坐著我講。

△依娜把幾個削好的竹枝，穿過魚身，鄰著火插在沙地上烘烤。
△鏡頭慢慢由溪谷移向出海的河口、藍垠垠的大海。

依　娜：(OS) 從前，有一個金頭髮、綠眼睛、全身上下都長了長毛的藍
　　　　色巨人。他會站在海上，一直吹氣，故意把好天氣變成壞天氣，
　　　　害人迷路。還會趁大人去抓魚的時候，變成小黑人到家裡來偷
　　　　吃東西。(壓低聲音) 吃不飽，還會抓小孩。

孩子乙：他來抓我，我就踢過去。(作勢一踢)

△依娜笑了，轉頭瞥見井上也走近，揚手打了招呼。井上一旁坐下，也跟著聽。

孩子甲：然後呢？

依　娜：勇士砍了很多大樹幹，中間挖空作成木船，都到海上去挑戰巨
　　　　人。他們用木棒打他、用長矛戳他、用弓箭射他，可是都沒有
　　　　用。巨人一抬腳，就把海水攪成漩渦，人和船都掉到海裡去了。
　　　　打不贏，大家都很煩惱。直到有一天，頭目夢到祖靈來說，巨
　　　　人是海水變的。只要用芒草，劃破他的皮就可以戰勝。

△山邊和河階地上，點點片片佈滿了芒草。銀白色的花穗豐軟如動物初生的尾毛，飄
　　飄招展，散絮如螢。

依　娜：(OS) 於是，大家就綁了許多茅草的武器。一個勇士趁巨人不注
　　　　意，把整束茅草用力揮，真的劃破了他的腳。他一下子跌到海
　　　　邊，身體開始流出很多藍色的血。愈流愈多，愈流愈快，人就
　　　　慢慢的變小，變的比你們還小。

孩子丙：把他抓起來！

依　娜：嗯，對啊。頭目抓住他了，但是巨人一直求饒。頭目想了一下，
　　　　也不願意傷害他，於是就和他約定，用芒草當作山和海的界限。
　　　　從此人歸人，海歸海，不可以再來搗蛋，然後就放他回到海裡。

△井上悠悠遠望，芒花如一條界線般的延伸。

依　娜：(OS) 巨人消失之後，天空中傳下來一個聲音：「好心的人啊，
　　　　別忘記每年的今天。都帶著竹籮回到這裡來吧，讓我謝謝你

們。」後來每年固定的時間，巨人就會從海裡趕出很多的魚蝦來送我們。

孩子甲：(指正烤著的魚) 就是這個魚嗎？

依　娜：對啊。你看，作朋友比抓敵人更好吧。(拿起一些烤好的魚，拍去沾著的灰屑) 快來吃吧。

△ 幾隻小手同時抓了魚，一哄而散。

依　娜：好久沒看到你，最近好嗎？

井　上：嗯。

△ 依娜看他不說話，低頭把埋在炭灰中的山芋撥了出來。她挑了一個軟呼呼的放到手上搓著，撥開遞給了井上。
△ 微黃的芋心，騰騰冒著氣。
△ 井上接了過來，看到她頭上的白貝髮圈。
△ 忽然一隻大手拍在肩上。回頭一看，是達哈。他負著背籃，籃子還濕漉漉的滴著水。

達　哈：來教學生抓魚啊？

△ 達哈一聳肩把籃子卸下，咚一聲放到沙地上。背籃裡滿籠肥厚的溪哥，還疊了幾隻毛蟹，吐著泡沫。

井　上：我只會吃魚，哪裡會抓魚？(笑) 我是被學生拉來看你們抓魚的。

達　哈：那簡單，過兩天你當我的學生，我來教你。最近魚很多，很容易抓。

井　上：是嗎？那我可以去和校長說。下星期輪到他上農作實習課的時候，就把學生帶來讓你教。

△ 達哈靠到依娜身旁，把她吃了半尾的魚接去，橫著吃了起來。
△ 井上不自在的把頭別到遠處。

達　哈：可以啊。不過抓魚不像種菜，魚是會動的。小孩子力氣小，動
　　　　作太慢，難抓，而且會把魚都嚇跑。現在學太早了，不過是可
　　　　以教他們撈一些小蝦、小螃蟹，這簡單多了。
井　上：抓不抓到無所謂，從這裡來講書裡的東西，小孩會很喜歡學。
達　哈：沒問題。
井　上：就這樣說定，我待會兒就去跟校長說。

△一個母親牽著兩個孩童走來。

拉諾的孩子：老師，你看，我媽媽的脖子不腫了。

△井上看去，他媽媽脖子已經明顯減小，只剩兩個突起的肉瘤而已。

井　上：太好了。
孩子的母親：謝謝。（行了一個標準的鞠躬禮）

△井上用族裡的話問候她的病情。他的話，混著濃濃日文母音的腔，但是她都聽得懂，
　幾次欠身致意。
△離開的時候，孩子蹦蹦跳跳的，邊走邊大聲的道別。

依　娜：拉諾真得好好的謝謝你。
達　哈：再不久，我們的話你都會說了。（嘆）所長在這裡住了幾年了，
　　　　族裡的話一句都沒聽他說過。你們校長，還有前一個老師也是
　　　　一樣。像你這樣的人真是少見。
依　娜：你不是說日本人都一樣？
達　哈：（笑而不應，指著旁邊一落箭竹筍）那些筍子你帶一些回去。把皮撥
　　　　掉，裡面很好吃的。
井　上：不用了，我吃的東西還很多。多了怕壞。
達　哈：這剛採的，你晚上煮一煮就吃掉了。

△ 達哈兩口把魚啃光，翻頭一躺倒，伸手扯斷了兩根雜生的蘆竹桿。他纏到手上繞了繞，熟練的把葦桿絞成細繩，再抓起一大把箭竹筍從中綁住，遞給了井上。

達　哈：聽我的，這個季節的味道最好。

△ 井上推辭不過，接了過來。

巴厚魯：（遠遠站在溪裡朝這裡喊）達哈，快點來幫忙，魚要跑光了。
達　哈：來了—。

△ 達哈爬起來，朝他回了一聲。他沉下背膀，把藍子掀翻，將魚蟹全倒在一只籐簸箕上。

達　哈：（對依娜）這給你弄了。

△ 肩起背藍，三步作兩步的朝溪裡跑去。

達　哈：（跑沒幾步，又回頭喊）依娜，請井上晚上也來。
依　娜：（站起來揮手）知道了。

△ 她淺淺笑著，不經意的，但整個人裡都含著高興的氣息。

依　娜：他們昨天打到一頭山羊，傍晚你過來一起吃吧？
井　上：不，謝謝。晚上校長找我有事。我也得回去了。等會兒孩子回來，就跟他們說老師先離開了。（起身離去）

△ 依娜有些意外，愣了一下，望著井上走掉。
△ 她看見箭竹筍還在，追了上去，把那綑塞給他。井上沒多停，抱了就走。
△ 走回火邊，依娜彎身抓起一尾溪哥，開始去鱗，卻不覺停下手想著。

【第八十六場】

景：捕魚溪邊　時：日　人：井上

△ 井上不覺回頭佇足。
△ 遠望中，還聽得到溪邊細碎的聊天聲。
△ 太陽忽然破雲而出，和暖的白色光輝奔跑般的向前抹亮了溪谷。
△ 他深深吐了一口氣，轉頭走下山坡。
△ 幾隻沙沼上的白鷺，本來伸著長喙在啄理羽翮，忽然像受了驚般的拍起翅膀，從下游翩翩然的飛入溪的源頭。

【第八十七場】

景：公學校的教室　時：午後　人：井上、校長、測量隊

△ 測量隊員甲在教室裡捲著測量用的旗標。
△ 幾個民伕扛著測量用的三角觀測架走過，測量隊員乙指著教室後面。
△ 一旁的測量隊員有人整理著行裝，有人指著地圖討論著。
△ 井上提了一籃甜薯要給校長，上面放著一小疊作業簿。

井　上：還有這封家書。（一併遞了過去）
校　長：（接過籃子和信）以前測量隊還沒這麼多人上山呢。
井　上：這一趟除了前山部落的民伕，都是動、植物學領域的專家，要完成開採針葉林的探勘作業。
校　長：多久回來啊？
井　上：下山以後，先北上總督府作完彙報。算算回程的船期，前後要兩個月，到時候甜薯都發芽了。（笑）

【第八十八場】

景：公學校的宿所　時：夜　人：井上

△井上擦了根火柴，把油燈的燈蕊點燃。小小的火焰慢慢變長，直直地跳高。

△他寫完日記，將沒看完的書作了籤記放回書架，又仔細閱讀了幾本早期學者有關中央山脈地形與地質的書籍。最後撿了兩件衣服，準備好紙筆、採集盒袋，一齊放進背包裡。

△井上坐回桌前，無聊地看著總督府的公文函。他翻著摺著，卻把公文折成一只鶴，隨意丟在案頭。

△面前一個木盒，他拿了起來，看著裡頭一顆顆紅色的樹豆。

依　娜：（OS）這是樹豆，生病吃了就會好，是吉祥的豆子。你試試看，說不定也有效。

△他左右搖著木盒，心裡也像失去了平衡，隨著豆子滾來滾去。

△火焰的光，約莫比豆子大些。淡藍的焰底，微微搖著明亮的黃火。火的亮，引來幾隻小粉蛾飛進屋裡，繞著油燈轉。

△他呼一下的把火吹熄，斜躺到床上，望著天花板。木板的條面上顯著截面的年輪，一圈圈包著中間暗褐色的木心。他等待著睡意，卻愈來愈清醒。

△深沉的夜，透著野生的氣息。窗外不知哪裡的樹蛙，「滴——滴滴——滴滴——」的叫聲清晰，遠遠近近地穿過夜色而來。

△井上站起身，穿上外套走了出去。

【第八十九場】

景：依娜竹屋外　時：夜　人：井上、依娜

△依娜起身開門。夜的涼意從外頭湧進。

依　娜：你怎麼了？請進。
井　上：妳好嗎？我想看看妳，明天我就和測量隊出發了。
依　娜：下個月就可以回來了，是不是？會不會到時候沒有船？

△井上沉默沒回答。這片刻，忽然浮起了尷尬。

△一秒一秒過去，靜止的時間愈拉愈長。尷尬，漸漸沖淡成一種彼此明白的默契。

井　上：依娜，有些話我想說，雖然不知道說了能怎麼樣。我的生活亂
　　　　了。我沒辦法專心，我不希望這樣。

依　娜：井上……。

井　上：妳聽我說，我喜歡妳，妳喜歡我嗎？如果妳不喜歡，我想離開。
　　　　我不願意忌妒，也不願意難過。我不想這樣下去。

△依娜無言地看著井上。他熱烈的眼神，比石板地上的白露還亮。

△（幾個回憶的鏡頭）他們之間一些歡樂的、心動的時刻。

△她不由得伸出手，輕輕地撫摸他的臉頰。

△井上搭著她的手，輕輕摩著臉頰，懷疑這只是錯覺。然後他抱住她，不想再放開。
　他停不住心裡的激動，側臉吻了她。

△竹牆的籬，落下海浪般的碎影，一波又一波。濃濃的風，吹得樹影裡的月兒斜倒。

【第九十場】

景：依娜竹屋內　時：夜　人：井上、依娜

△門，掩成一條縫。外套靜靜的落在牆邊。

△他靠著依娜的背，聞到青草般的氣息。

井　上：妳害怕嗎？

△風搖著窗，格格輕響，依娜不知怎麼回答。

依　娜：你呢，你怕嗎？

△井上注視著她，認真地搖頭。

井　上：我做錯了嗎？（把頭埋在她的頸項間，輕輕廝磨）可是我不怕，我很高興，我想娶妳。

依　娜：這不行，你知道……。

井　上：為什麼？

依　娜：你在日本有家，有母親，你是日本人，難道你都沒想到？而且我不行，我有達哈。井上，這是不可能的。

△月光，疏落地落在她的身上。

△她看見自己肩膀的影子落在他的身上，暗暗斜斜地顯著輪廓，她感到羞怯。挪過頭去，窗外一輪明月。

△井上沒有說話，輕輕吻著她的背。他彎過手肘，開始在她背上寫著寫著，指頭壓過光滑的肌膚。

△依娜感覺到他在寫字。她等著，辨認著。

△手指停了。

依　娜：你寫什麼？

△井上沒有回答，還輕摸著她肌膚上幾乎透明的汗毫。

△依娜又問了一聲。

井　上：我——愛——妳——我想要每天醒來都有妳在身邊。

△依娜轉身，眼汪汪地，直看著他。長髮在耳下疏疏散著，潤著汗水的鬢邊微微閃著光。

井　上：（OS，配合景象）……我家後面是一片紫色的花田，盡頭處有一間寺院。每到節日，大人在佛前參拜，小孩就喜歡在廟門前爬石獅子、摸天王的腳。……有天我聽玩伴說，他的爸爸回家了，我很高興，想說我爸爸一定也快回來了。我跑到車站去等，一有車子來我就去看。我一直等，一直等，直到媽媽把我叫醒，才發現不知道什麼時候睡著了。……媽媽給我一個小布袱，包著熱熱的便當。往東京的海輪上擠了都是人。我上了船，就抓

在艙口的欄杆旁邊，不肯進去。她點頭揮手催我進去。然後汽笛響了，她才轉身擦眼淚。

△ 均勻的呼吸聲。
△ 他把毛毯拉高，輕輕覆著依娜，不知不覺也闔上了眼。
△ 月光由白轉淡，慢慢離開了窗邊。

【第九十一場】

景：依娜竹屋內　時：夜　人：井上、依娜

△ 忽聽得外頭風聲大作，清晨迫近了。

井　上：我必須走了，很快就回來。（從外套掏出一張地圖，畫下他每天會行進到的位置）翻過山到新高郡，然後出台中州。

△ 地圖上斜斜一道長線，跨過凸凸陷陷的等高線之間，從山的這頭跨到那頭。

井　上：到台北，然後搭船。依娜，（輕輕耳語）等我回來。

△ 月桃蓆畔，留下了這張地圖。
△ 窗外，高遠的夜空漸漸褪成淺藍，天上的星星只餘下幾顆，零零落落的發散著黎明前的微光。
△ 井上每走幾步，就回頭大大的揮著手。他的身影越來越遠，一寸寸的融進了漆黑之中。然而他外套的衣擺，似乎仍啪啪的要朝她飛過來。與【序場 F】的景象配合。
△ 起霧了。乳白色的茫霧，在林間飄散不定。
△ 她放下窗，不自覺的把手貼著蓆子，輕輕摸過。蓆葉上交錯的空隙間，彷彿留住了他的體溫。她無法再入眠，無力地坐了起來。依娜拉起毛毯蓋住身體，也想蓋住亂麻麻的思緒。
△ 她瞥見地上有個東西，彎身撿了起來。是一個麻製的小方套子，上頭印著「御守」二字。

【第九十二場】

景：依娜竹屋內　時：日　人：依娜

△天氣變了，明亮的天色像忽然被吹滅了一樣。遠山，被一長列低垂的灰雲攔腰截去。
△依娜望著窗外灰暗的天頂，有點忐忑。
△屋旁的檳榔樹被風刮得頻頻折彎。幾片被吹斷的芭蕉葉，捲了幾捲，落到地上。雨
　強烈的打在芭蕉葉面上。
△挾風而來的驟雨，一陣比一陣強，地面上到處填出了水窪。

【第九十三場】

景：派出所內　時：日　人：石崎、岩佐

△派出所前的石階路上，幾道沖下來的泥水在階面上亂流。

石　崎：是，我立刻安排。

△所長握著電話筒，站起身凝重地答話。掛下電話，石崎顯得有些倉皇。

石　崎：(雙手壓在桌面上)測量隊還是沒消息嗎？
岩　佐：沒有。
石　崎：前山新高郡那邊等不到人，已經通報總督府了。這幾天寒流來
　　　　襲，測量隊可能受困。剛剛廳長親自來電話，說台北對這件事
　　　　非常關切，要我馬上派人上山支援。你先幫我去叫頭目過來，
　　　　說我有急事找他。
岩　佐：是，我馬上去。

△岩佐趕忙取帽出了門，正推著腳踏車，石崎又追了出來把他叫住。

石　崎：算了算了，你回來，我自己去。你到裡面拿一瓶白鶴清酒給我，
　　　　要拿最好的，快。

【第九十四場】

景：達哈住居內　時：日　人：依娜、達哈

△依娜冒雨跑進達哈家。

依　娜：前幾天上山的測量隊沒有下山，人可能還在山裡。
達　哈：你怎麼知道？
依　娜：石崎去找頭目幫忙，我也在。
達　哈：頭目怎麼說？

△依娜搖頭。
△達哈看著外面的飛亂亂的霧雨，凝視著。

依　娜：井上也在裡面。

△達哈像沒有聽到。

依　娜：達哈，你一定要救他，非找到他不可。
達　哈：(回頭)依娜，我就是在想怎麼救他啊。妳怎麼了？

△依娜焦慮數日，聽到達哈的關心像洩了氣一樣，無法再隱瞞。

依　娜：出發的前一晚，井上來找我⋯⋯。

△竹簷下垂落的雨，從一滴一滴，變成一排簾幕。一道道霹啪落下的水聲，打得地上的水窪沸騰起來。

達　哈：他真值得妳這樣嗎？(怔怔，激動的握起她的手)那我呢？妳難道不知道嗎？妳就不顧我了嗎？為什麼這樣？我什麼都不算了嗎？

△依娜只是飲泣著，不肯抬頭。
△達哈看著她髮梢簌簌垂落的雨珠，點點全像滴墜在自己心上的淚。

【第九十五場】

景：高山　時：日　人：井上、測量隊

△測量隊正翻越中央山脈。

△寬稜草原上，井上為觀察一處冰蝕地形而錯下了一道支稜。

△午後雲瀑隨而飛湧，凜冽的風雨吞沒了整片寬稜草原。

△測量隊懾於來勢洶洶的風雨，不得不決定撤返。呼喚的聲音，在白茫茫中與井上漸行漸遠。

【第九十六場】

景：高山　時：日　人：達哈、瑪卡、族人、測量隊

△斷稜下的岩崖。

△茫霧中，達哈等人的身影形狀愈來愈明顯。一個測量隊員驚訝的站了起來。

△達哈找到了哆嗦受困的測量隊。

達　哈：（環顧）井上呢？

△隊員搖頭不答。

△挾了水霧的風頭，濃濃密密地嘶嘶叫著，一個掠過一個，毫不相讓。

△濃霧之中，山谷隆隆，像不見底的深處傳來的黑熊吼聲。雨拚了命地下。山徑上全是無處宣洩的雨水，一個勁地沖下來，連走穩都有困難。岩崖附近直瀉溪底，全是光溜溜的石粉，雨中更加斜滑。

△達哈試了幾步，回頭看看這群人，斷定絕對過不去，便放棄了原先的小徑。

△他揮開山刀，不朝下反朝上，直直砍上了稜線，引著測量隊轉從稜東下緣的鐵杉林，繞過這數百公尺落石滾滾的崩坍陡壁，再繞回稜西。

【第九十七場】

景：灰水溪　時：日　人：達哈、瑪卡、族人、測量隊

△流籠的鐵索沒入溪裡。
△瑪卡和一個族人一同從溪中扯回鐵索，只剩下幾條線勾。他對達哈搖了搖頭。
△湍急的灰水淹沒溪床，水中還隱隱夾著石頭碰撞的聲響。
△達哈沒講話，沿岸溯向上游稍淺處，望著過腰的濁浪。

達　哈：再不過去，就會被困住。
瑪　卡：這水太大了，沖下去會死人的。
達　哈：死……。

△達哈看著滔滔水浪，心裡卻是想著依娜。自己活著又怎樣，死了又怎樣？糾纏心中的酸楚激起了一股豁出去的蠻性，於是心一橫，他冒險涉水強行渡溪。
△一入水，灰灰的水花撲上前胸、撲上眼睛，幾次把他吞沒河底。大自然的怒氣激的很高，但達哈的怒氣被激的更高。憑著過人的經驗和體力，他摸出了一段依在岩石間的渡河路線。
△達哈冒出水面，踏上中流處一塊露起的石頭。
△他大吼地罵著，命令著，把岸邊那些隊員殘存的求生氣力全提聚了起來。
△他先讓瑪卡和另外三個兄弟，在溪面兩翼近岸之處接應。自己則是獨自一人在濁浪中步步站定，搭手如鐵勾，硬是把測量隊一個一個拉過溪岸。

【第九十八場】

景：灰水溪　時：日　人：達哈、瑪卡、族人、測量隊

△隊員一過了溪，全虛脫似的倚在樹幹邊瑟縮著，再也不能動彈。
△此去是松蘿垂掛的密林。
△達哈看著這群人狼狽的模樣，嘆了口氣。他遙望對岸崢嶸高起的山壁，沈思著。

博庫斯：（OS）做對的事情才是勇敢。
達　哈：爸爸是勇士，不會死的。

博庫斯：（OS）做對的事情才是勇敢。

△達哈轉身蹲在一名測量隊員面前，他盡力用手比著山上經過的景觀。達哈問著，他
　有時搖頭，有時點頭。

達　哈：瑪卡，你帶他們下山。
瑪　卡：一起下山吧。
達　哈：（解下頸上鍾愛的項環）這拿給依娜。
瑪　卡：風雨這麼大，上面太危險了，你也受了傷，你不能再去了。

△瑪卡注視著達哈，緊緊搭住他的手臂攔阻。

達　哈：不要緊。（看著臂膀上血紅的劃傷）我要去，井上還在上頭。

△達哈喚了兩名同伴，站起身來，大步而去。

瑪　卡：達哈！

△達哈恍若無聞。

瑪　卡：聽到沒有？你不能再去了。

△達哈沒有回頭，瑪卡知道攔他不住，便跑了幾步大聲地喊住達哈。

瑪　卡：嘿，你停下來，我怎麼和依娜說？
達　哈：就說，井上是我的朋友。

△一位日本測量隊員追了上去。彎著腰、雙手恭敬地、把三件雨衣與所有僅存的乾糧
　遞給了達哈。
△達哈猶豫了一下，一手接了過來。

【第九十九場】

景：灰水溪　時：夜　人：達哈、族人

△ 溪邊的巨杉石洞中，達哈三人蜷著身體，升起了一大把火。
△ 夜風，猛撲著石洞中柴火，洞口的焰光一夜明滅不定。

【第一百場】

景：派出所外　時：日　人：所長、頭目、依娜、族人、測量隊、達哈

△ 測量隊員與民伕逐一下山。
△ 依娜陪同頭目和所長在派出所等待。她一邊盛遞著溫熱的飯菜，一邊焦慮地向外眺望。
△ 濃霧又一次散，又一次浮現下山者模糊的輪廓，她又一次失望。
△ 達哈出現了。他筋疲力竭的坐倒，搖頭沒有說話。他的沉默，戛然割斷了依娜心中飄邈的希望。
△ 她緊緊抱住達哈，心疼地撫摸他身上的傷口，不住地哭泣。脆弱的祈禱，淹沒在淚眼裡。
△ 靜默的青山一片慘白。

【第一百零一場】

景：高山　時：昭和六年（1931）夜　人：井上

△ 凜冽的風雨吞沒了整片草原。
△ 天晚，降大雪。
△ 高山上西風勁急，壓得香青和箭竹更加低伏。枝幹上的霜愈結愈長，冰凍的寒冷從四周團團的圍了上來。
△ 冷杉下，蜷著的井上無力地抬起頭，凝望夜空。雪絮翻如飛沙，像是整個天空都粉碎了。

井　上：（絕望）這風為什麼這樣呼嘯，要將一切吹向盡頭嗎？我已無處
　　　　可以棲息嗎？如果這是終點，那麼請將我掩蓋。只是我所愛的
　　　　母親……還有依娜……。

△無數白色游動的光點，朝遙遠前方無聲無息的消逝。世界逐漸悄然，斜飛打來的雪
　點，緩緩不再刺痛，連時間都緩了下來。
△他累極了，緩緩閉上眼，再也不想睜開。耳畔，響起了那個溫柔夜後，窗外如潮浪
　的風聲，以及依娜悠悠唱起的歌。
△（依娜歌聲開始）
　「海那魯哦嗨呀　依呀那呀哦海呦
　聽風吹的聲音　好像你在叫我
　我往窗外看　　可是沒有你
　你若在我身邊　我才高興忘了煩惱
　你若在我身邊　我才安心直到天明
　海那魯哦嗨呀　依呀那呀哦海呦」

【第一百零二場】

景：伐木場　時：民國 51 年日　人：工人

△字幕：二十年後，摩里沙卡林場。
△深山的午後，蜿蜒的鐵軌，架空在數十公尺的高山溪谷上。
△霧濕的枕木下，響著隆隆的水聲。溪水細小如白帶，淹過一截翻落的車廂，鏽空了
　的車殼上鋪滿綠苔。

工　人：樹倒了。

△斜坡面上，一株四、五人腰幹粗的紅檜，筆直的從嵐霧中墜下來。高聳的莖幹，連同
　虬曲的樹冠砸在土滑道上，打到正下方一塊突起的泥岩上，捲起了一片刺眼的沙塵。
△塵埃還沒落定，灰濛濛的半空中就聽得吱嘎吱嘎的轉出一具機械手臂。
△集材場前方的山崖口，如生魚片般兩側已切齊的木幹，已經穩穩的綁在棧板上。棧
　板上的鷹勾，緊緊的嵌在手臂粗的鋼索上。

△馬達啪啪啪啪的啓動了。

△離地浮起的棧板，幾個晃蕩就出了壩堤般的流籠頭，凌空沒入淒白的霧中，飛快地朝二千公尺下方的摩里沙卡沉降。

【第一百零三場】

景：鐵皮工作站　時：日　人：工頭、巴厚魯、托布、胖工人

△流籠頭旁裊裊飄著炊煙。

△一幢長板條搭起來的鐵皮工作站旁，靠著幾輛手押台車。幾把螺旋鑽、斷了柄的斧頭，還有三、四綑生鏽的絞盤丟在上面。

△屋裡，林班的工頭正從澡桶裡跨出來，濕淋淋的。抓了條有些油漬的布胡亂擦乾，套上汗衫。

△嘰一聲，聽到木頭落地的聲音，跟著馬達漸漸停了轉。

工　頭：巴厚魯，收工了，該休息了。

巴厚魯：好，剩下最後兩車了。

△巴厚魯站在一架鋸木台旁邊，把編了號的塑膠牌釘在木面上。膠牌裏悶著水氣，把草寫的字跡都浸糊了。他抹掉額頭的汗，用力眨了眨有些沉重的眼皮。

工　頭：我這個林班，你年紀最大，又最努力。下個月一定要叫上面多給你加獎金。

△工頭抓著頭髮走到飯桌旁，開了灶蓋，順手把灶上燒好的飯取出來，擱在桌上。

巴厚魯：謝謝。不趕也沒辦法，運輸班的人剛剛來通知，說他們清晨就要。

△巴厚魯低頭看著手邊這截木頭。一圈圈的年輪中裂了幾條溝，灰灰的，像失去血色。他粗厚的手指，輕輕摸過，彷彿憐惜著。

工　頭：喔，真沒良心。今天才砍下來的，明天就要。真是的，要趕去
　　　　死啊？這麼急。（搖頭）不過你要小心，別鋸壞了。上個月工作
　　　　會報的時候，我被出貨班的人修理了一頓。這些樹亂七八糟的，
　　　　長得滿坑滿谷、到處都是。看都膩了，我當是不值錢。赫，你
　　　　知道嗎？這一根賣的錢，我們賺幾年都不夠呀！賠不起。

巴厚魯：領班放心，我會小心的。

△工頭把山下送上來的包飯，一碟菜一碟菜的分開。

工　頭：不要叫我領班，叫我工頭就好。我只不過早來幾年而已。沒福
　　　　氣的人被這樣叫，會少活好幾年。晚上你要下山嗎？

巴厚魯：不要了，我想在這裡睡一天覺。

工　頭：（在床板上隨意搜了些衣褲到背袋裡）那不陪你了，你們山地人在山
　　　　上才待得住，我可不行，我已經在這鬼地方待了三個多星期，
　　　　晚上我要下山透透氣。

巴厚魯：鬼地方？

△巴厚魯停下手，看著窗外昨天才倒下紅檜、少了一塊綠的那塊天空。白霧雖然填滿
　　了，卻還是空涼涼的。
△外面幾條小黑狗，忽然豎直了耳朵，一陣陣的對著山的深處吠起來。
△遠處的汽笛哺哺響了。赭黃色的火車頭拉著兩節車廂，蹦咚蹦咚漸漸的靠近。
△「基──咚──」剎車閘掣下了。
△金屬的摩擦聲，跟著粗鈍的一聲巨響。車頭停在制動桿前，冒起洩氣的聲音，車廂
　　前後震了一下。
△幾個林班工人從廂內跳下來，都溼透了前襟。後面還有二、三個人光著膀子，踩著
　　間隔不一的枕木慢斯條理的走回來。
△首先衝進門的，是個不到二十歲的年輕小子。他站在門口先把汗衫脫了下來，擦去
　　肩頭腋下的汗，擰了幾把。

托　布：走吧。

胖工人：急什麼？吃完飯菜再走。

△胖工人隨手拿下掛在門邊的伐木日誌，順著滿頁的數字，找到了一個編號，在後面
　打勾，然後把剛剛丈量好的材積填了進去。

托　布：摩里沙卡好吃的東西多著，走，我們下去再吃。（把擰乾的上衣扔
　　　　　在一旁，兩下就跳上了大通舖的上舖。躺下來，長長的呼了一口氣）啊，
　　　　　好舒服！

工　頭：大家來喔，隨便吃了！

△工頭招呼著後面陸續進來的人吃飯，自己舀了碗白蘿蔔湯泡飯，夾了些醃漬的蔭鼓
　生薑。
△工人到櫥裡拿了碗筷，三三兩兩的在桌子旁坐著、蹲著吃。

胖工人：不行，木頭要先載下去，才輪到載人。你現在下去也沒用，到
　　　　　大觀的第二索道口還是要等。

△胖工人坐在下舖，兩腳搓著搓著，甩掉雨鞋，也在床板上躺平。

工　頭：托布啊，慢一點下去好，可以少花點錢。這個月我可沒錢借你。
胖工人：是啊。要存錢，別又買酒喝光，忙了半天白做工。
托　布：（探頭看下來）嘿，我那幾瓶米酒都是被你喝了，還跟我說道理勒。

△正吃飯的工人聽托布這樣說，都笑的拍起桌子。

工　頭：存一點好，存一點好，這麼累的工作。也不知道這些木頭，到
　　　　　底是砍下來給誰去享受的？

△托布人高馬大的，頭快頂到天花板。他彎著頭從上舖床板跳下來，走到爐火邊，扔
　了幾截劈好的檜木進去。

托　布：沒關係，我們用不起木頭，洗這個檜木澡也是享受。

△巴厚魯自顧使勁的扶著原木。嗤嗤嘰嘰一陣刺耳，木屑滿地濺開，粉的、碎裂的、
　蜷曲的。原木過了輪鋸，對半剖了開。
△他朝站在後面的幾個搭檔招呼了幾聲，也坐到通舖上，拿起碗扒了幾口飯。

工　頭：（對胖工人）你這次下山不回宜蘭嗎？
胖工人：回去做什麼？
工　頭：回去看看老婆，打打獵啊，你們南澳不是也很會打獵。
胖工人：早就不打了。
工　人：老婆和山豬跑嘍！

△旁邊有個聲音插上來，又引了一陣笑。

工　頭：聽說你以前很會種田啊？怎麼跑來這裡？
胖工人：唉，種田不像打獵，不能一個人，要十幾個人一起。那時候老
　　　　人都不喜歡，說吃稻子會肚子痛。後來稻田荒了幾年，大家更
　　　　懶得種。種田不行啦，不回去了⋯⋯（搔著發癢的頭髮，像是還沒
　　　　說完，轉頭又問）巴厚魯，你女兒不是嫁到宜蘭了嗎，住哪裡啊？
　　　　哪天你要去的時候，我們一起走。
巴厚魯：哦，這個⋯⋯（結巴）我只去了一次，是女兒來帶我的。只知道
　　　　是在宜蘭，我也不知道在哪裡。
胖工人：唉呀，你這是什麼爸爸？連女兒嫁哪裡去了都不知道。那你們
　　　　部落現在呢，有種田嗎？
巴厚魯：種啊種啊，不過也是種不好。常常苗頭還沒長高，下頭的根就
　　　　爛了。有人說是水太多，有人說是給蟲吃了，弄不懂。
工　頭：種水稻很麻煩的！你們打獵的怎麼搞的清楚？要顧水圳、要放
　　　　肥、要毒蟲，這個那個一大堆的，我就是嫌麻煩才上山的。嗨
　　　　呀，天曉得砍木頭更累人（彎下身從床底下抓出幾瓶米酒）來，明天
　　　　星期天，今天工頭我請客。來來來，這裡有宜蘭的、花蓮的、
　　　　台東的，你們山地人，我平地人，在這裡就是一家人，通通來
　　　　喝一杯。

△工人們鼓譟叫好。
△工頭從箱子裡翻出一包花生米和幾個玻璃杯,都倒了八分滿,帶頭和大家一口灌了。

工人甲:乾杯!
工人乙:好酒啊!
工　頭:住一起,就是家人啦。

△工頭抹了抹嘴,主動替大家再倒。一旁的托布想拿過酒矸子,替大家添酒。

工　頭:(抓回酒矸)不不不,大家平常辛苦,今天我來替大家服務。不用
　　　　客氣,你也再來一杯。(笑,給托布倒酒)咦,對了,我還沒問你。
　　　　你是花蓮哪裡人哪?
托　布:我啊,我是太魯閣的。
工　頭:太魯閣啊,真的啊?沒騙我?太魯閣很屬害的呀。來,你喝兩
　　　　杯。我爸爸以前住新城,日本打太魯閣的時候,還被抓上山當
　　　　挑夫,小命差點就沒了。那你們現在還打獵嗎?下次打頭野豬來
　　　　給大家吃吃,那個肉拿來燉米酒很健康嘿。
托　布:不行了啦。現在是獵槍變成鋸子,獵人都變成木工了。
工　頭:胡說,木工也是一樣可以打獵啊。
托　布:好,我來打獵,那你們呢,通通都變成猴子。(順手握起一把弓鋸,
　　　　右臂一橫,煞有其事的橫著瞄準)矸!

△他一變,逗得大家都笑了。
△就這麼說說笑笑,有一搭沒一搭,抓著花生拌嘴,半打米酒全空了。

托　布:我爺爺說,要是給老頭目知道我們變成木工,而且還在高山上
　　　　砍樹,一定會被他拿槍朝這裡轟一個洞。

△托布有點醉意,比著自己的額頭。

工　頭:哪個頭目?

托　布：哈洛庫。

工　頭：唉呀，他都死多久了還說。（啐）不過，他的名聲很大，是太魯
　　　　閣歸順日本以後的大頭目。是這一隻的。（翹起了大拇指）

△托布聽著沒說話，像有些模糊的想著遙遠的事。

格　桑：（OS）我們以前住在奇萊山。那裡有檜木的森林海，跑一整天都
　　　　看不到盡頭。我們住的地方，一定有森林。不像漢人，住的地
　　　　方都砍得光禿禿的。我們不是日本的子孫、不是漢人的子孫，
　　　　我們是奇萊的子孫。

工　頭：後來聽說日本命令他搬出太魯閣，他不幹，結果莫名其妙就死
　　　　了。我跟你們說，（聲音轉低）我們新城的人都在傳，他是給人毒
　　　　死的。也是可憐喔。不過，唉！這都過去了，也不關我們的事。
　　　　現在是太平時代，日子也比以前好了。你看我們摩里沙卡，你
　　　　們跟到我這個林班就沒錯啦。

△工頭走到牆邊，點起了香拜拜。
△牆壁及肩高的地方，釘著一座高約尺半的小木祠。裡面的神位上，有毛筆寫的一個
　神道教的神王名字。正中間塞進一尊玄天上帝腳踏龜蛇的泥塑，一個香爐，香爐前
　還擱了張蔣總統的小照片。

巴厚魯：（喃喃）要是給老頭目知道，一定會被轟一個洞。

△巴厚魯看著窗外，烏雲裡隱隱鼓漲著電光，空氣裡飄著浮游的水滴微粒，看是要下
　雨了。

巴厚魯：（喃喃）這裡的山，也不算是我們的山。

△回憶當年老頭目帶著他們打獵的情景。

頭　目：山，是祖先來的地方，是祖靈永居的聖地。不可以隨便闖入，
　　　　不可以砍伐，要讓野獸在森林裡繁殖。亂闖亂砍，會得災難的。

工　人：喂，好了。

△巴厚魯那幾個搭檔喊了他一聲，打斷他的思緒。他們已經又把一段原木測好數值，
　作了記錄，拉到鋸台上。

巴厚魯：知道了。

△巴厚魯把最後兩口飯塞進嘴裡，走了回去。
△他熟練的切下開關，馬達上的絞鍊開始轉動，拖著這截木頭向內扯去。忽然，木頭
　卡住不再前進。
△他敲了敲，不知是木頭質地太硬，還是齒輪太乾了。他扶著木頭，彎身拿了油嘴要
　去點。一看，才發現是半截指頭長的木屑卡在齒輪之間。他用力把它抽掉，鋸台上
　的絞鍊猛震了一下，又開始轉動起來。

【第一百零四場】

景：達哈住居外　時：日　人：達哈、瑪卡

△達哈正在屋前劈柴。
△一個人衝了進來，是瑪卡。滿頭汗滴，一臉慌張。

瑪　卡：巴厚魯出事了。
達　哈：怎麼了？
瑪　卡：他在摩里沙卡……在摩里沙卡鋸木頭不小心，把右手……整個
　　　　手都夾斷了。
達　哈：怎麼會這樣？
瑪　卡：他衣袖子被機器夾到，連手一起拖了進去。
達　哈：怎麼會這樣？
瑪　卡：聽說他連作了一天一夜，都沒休息，要趕著出材。可能是太累
　　　　了沒注意。
達　哈：現在人呢？

瑪　卡：已經在花蓮大病院，手已經鋸掉，命保住了。

△達哈放下柴，坐在一截木樁上，臉色凝重的嘆了口氣。

達　哈：我不是講過，不要和那些漢人去砍樹嗎？那些瘋子，樹剝皮，
　　　　連山都剝皮，整片整片的剝。樹也砍，山也砍。那些人全瘋了，
　　　　都被詛咒了。巴厚魯怎麼還去？他什麼時候去的？
瑪　卡：幾個月了。
達　哈：幾個月？他怎麼都沒跟我說？他把我的話當什麼？
瑪　卡：（遲疑了一下）他需要錢。
達　哈：什麼意思？
瑪　卡：乾肉和小米，根本賣不到錢。他也不想去，可是有什麼辦法？
　　　　巴厚魯再會抓魚，也不是整年有魚可抓。
達　哈：我們吃也不缺，穿也不缺，錢要做什麼？
瑪　卡：你看隔壁社，樓房一間間蓋，路一條條開，吃的穿的愈來愈好。
　　　　我們到今天還住竹子屋，你不羨慕他們嗎？老實說我羨慕。有
　　　　時候想想，還得謝謝日本。當年要不是他們押我們開路，現在
　　　　村裡連車都進不來。說真的，我覺得這山裡的日子，是不容易
　　　　過了。
達　哈：連你也這樣說嗎？你是說我這個頭目作的不好？
瑪　卡：達哈，你知道，我從以前就聽你的。你作的，都是以前老頭目
　　　　作的，還比老頭目作的好，沒什麼不對。但是世界變了。我去
　　　　過摩里沙卡，那裡什麼都有。住的，都是那種聞得到香味的檜
　　　　木房。吃的用的，多的很，什麼都有。而且林場的工作，也不
　　　　是想去就能去，都要找人拜託。那裡才開始幾年，現在變得比
　　　　我們部落還大。要不是你不讓我們去，別說巴厚魯，我都想去。
達　哈：瑪卡，你想仔細，漢人那一套我們不需要。我們可以過自己的
　　　　日子。你一想過漢人的日子，就會被他們綁住。
瑪　卡：過自己的日子？你看現在村子裡，平常就只有我們這一輩的
　　　　人，年輕人都不在，都出去了。你以為他們都不喜歡這裡，都

　　喜歡去作工？每年祭典一結束，第二天就沒人了，跟蝗蟲一樣，
　　飛得沒半隻。平常你看誰回來？都是沒工作的，還有受傷的，
　　你都沒發覺嗎？而且，巴厚魯非去工作不可。

達　哈：為什麼？

瑪　卡：他要生活啊。他女兒前幾年嫁給那個開冰果店的漢人，高高興
　　　　興搬去宜蘭。前幾個月回來了，帶一個小孩，還有一個在肚子
　　　　裡。本來想人回來就好，可是根本不是這樣。她整天坐在那裡，
　　　　一點精神也沒有。現在巴厚魯一個人，要替四個人過日子。他
　　　　不出去作工，你叫他怎麼辦？

達　哈：沒有人告訴我。

瑪　卡：你的脾氣，誰敢對你說？你知道又有什麼用？他受了傷，還一
　　　　直交代不要讓你知道，你說他是不是好兄弟？

△達哈沉默不語。

達　哈：（皺眉）走，我們去看巴厚魯。

【第一百零五場】

景：醫院病房　時：日　人：達哈、瑪卡、依娜、巴厚魯、族人

△一瓶點滴懸在支架上。
△病房裡，白衣、白牆、白色床單，連鐵床都泛著森然的白光。

巴厚魯：怎麼都來了？

△巴厚魯想坐起來，達哈拍著他的肩，要他躺著。
△達哈、依娜、瑪卡和幾個族人圍在床邊，看著他右手只剩下包成一團紗布的肩，繃
　　帶密密纏過右胸，左手正打著點滴。

巴厚魯：我告訴你們，人很奇怪。明明手沒有了，但是想喝水的時候，
　　　　還會伸手去拿，一看，哈哈……才想起來手沒了。(自顧笑起來)
　　　　缺了手，又不是斷腿，別那麼難過。斷腿才糟，是不是？別這
　　　　樣，這隻手反正也用夠了。

△大家還是難過的繃著臉，沒人笑的出口。

巴厚魯：(嘆) 只可惜以後不能再抓魚了。
達　哈：你好好在這裡休息。
巴厚魯：達哈，我真的沒辦法才……。
達　哈：不要說了，是我不好，趕快好起來回家。
巴厚魯：達哈……。
達　哈：不要擔心，你的女兒，就是大家的女兒，我們會一起照顧她。

△達哈幾乎是招著巴厚魯的手說著，不覺又一陣鼻酸，模糊了眼。

【第一百零六場】

景：達哈住居內　時：日　人：達哈、依娜

△桌上一瓶酒。
△達哈心情沉鬱，他凝視著桌上一柄山刀，伸手拿了過來，用力握住。
△刀鋒隱隱浮著白光。
△鏡頭引入回憶。

頭　目：我們那次成年禮，大家一整晚喝酒跳舞，跟著老人等日出，又
　　　　熱鬧、又快活。那時候想，人這麼多，以後生活一定很舒服。
　　　　沒想到後來一下都死光了。好多人都死了。命運像刮風下雨，
　　　　都不是照人想的。可是人不管碰到什麼事情，一定要堅強。

△頭目說完後抽著烟嘴，吐了一口長長的菸圈。
△白光。

頭　目：大戰打到後來，日本隔一陣子就來徵自願軍，說武士就是勇士，武士道就是勇士精神。說活著要為天皇效命，死了要在靖國神社相會。隔壁社的頭目都同意去，認為這是光榮。只有我不答應，我想辦法不讓族人去。別人都說我這個頭目老了、沒用了、膽子小。但是我知道，只有我最清醒。後來他們去的人，沒幾個回的來，連死在哪裡都不知道。一個陣亡通知，一個人就沒了。只有我們這一社，沒有一個人死在戰場，這是我這一生作過最勇敢、最光榮的事。打仗，是萬不得已，打贏打輸都是被惡靈詛咒的。

△白光。
△頭目躺在床上，乾瘦的臉像是陷了下去。

頭　目：達哈，你不要難過，我現在心裡很高興，長老和你爸爸都在等我啊。

△頭目看達哈傷感的模樣，笑笑地摸他的頭，像摸著小孩。

頭　目：達哈，你終於平安長大，這刀也交給你。你不知道，這一天我等了多久。我告訴你：死，一點都不可怕。死了之後，見到自己對不起的人才可怕。你是頭目，不能這樣哭。我這個頭目，作對的事也有，作錯的事也有。但我總是盡了力。現在日本人走光了，以後又是新的日子。你這個頭目，說不定比我更難做。我幫不了你。但是我相信你，你也要相信你自己。你有能力、有膽量，一定會知道怎麼做。以前老頭目告訴我：「打不到獵物就發脾氣的人，不能當頭目。」現在我懂了，（湊近達哈耳朵）頭目，就是負起全族責任的人。

△白光。

△達哈眼光仍然落在山刀上。

△放下刀，他又倒出一碗酒，一口而盡。

△依娜從屋後出來，看他還在喝酒，便走了過來，陪他坐著。

達　哈：瑪卡說得對。這幾年，生活愈來愈便利，生存卻愈來愈辛苦。
　　　　只是我不明白，以前就是這樣過日子，憑什麼現在就不能？過
　　　　去日本人那麼壞，大家不也撐過來了？現在日本人走了，沒人
　　　　管了，反而撐不下去？（又灌了一口）山裡的日子是不能過了，連
　　　　巴厚魯都得去外面工作，現在傷成這樣。

依　娜：巴厚魯的事大家都難過，但這不是你的錯。

達　哈：不是嗎？我是頭目，連族人的生活都顧不好。最早，族裡是拿
　　　　羊皮去換鐵鍋，拿香菇去換鹽。老頭目在的時候，日本規定要
　　　　在交換所換，就開始換錢，連米田也換錢。現在，輪到人出去
　　　　換。換來換去，愈換愈少。（喃喃）日本說打獵危險，一下要我
　　　　們種桑，說蠶繭可以賣錢。一下子說要種甘蔗，說可以換多一
　　　　點小米。又說山區都是保留地，放火燒也不行。最後，只能跟
　　　　著去挖溝開水田。現在是愈來愈糟，連待在這裡都有困難。以
　　　　前打不過日本人，現在又比不過漢人，真是沒用。

△他說得動氣，砰一聲反掌拍在桌面上。

△依娜看他這樣，也沒去理他，眼光卻落在牆腳的一柄獵槍上。

達　哈：沒用，沒用，祖先的東西，沒一樣有用。學種田、學蓋房子，
　　　　以前和日本人學不夠，現在還得向漢人繼續學。以前被日本人
　　　　逼著學，現在自己跑出去向漢人學？（自嘲）而頭目我，就在這
　　　　裡學喝酒。

依　娜：（緩緩的說）不，你不是在學喝酒，你是在學認輸。

△達哈微怔。

依　娜：你說祖先的東西，你看那把槍。以前日本沒收獵槍的時候，我
　　　　們都說這是祖先的遺物。這槍，算是祖先傳下來的東西嗎？

達　哈：那還用說？

依　娜：不。我們根本不會作槍，這槍不是漢人的，就是日本人的。那
　　　　怎麼能算是祖先傳下來的東西？

△達哈一時語塞。

依　娜：槍之前，是矛。矛之前，只是石頭。槍只是工具。我們需要新
　　　　的工具。矛和槍，都是祖先找來應付生活的新工具。現在，輪
　　　　到我們要想。

達　哈：新的工具是什麼？

△依娜伸手拿過桌上半瓶不到的米酒，嫣然一笑。

依　娜：我不知道。但是要等你想出來之後，才可以再喝。

達　哈：（苦笑）唉，乾脆妳做頭目好了。

【第一百零七場】

景：公學校的操場　時：日　人：達哈、依娜

△太陽已偏西，達哈看著幾個少年在學校前面砍草。

△一群全身沾了泥巴的孩童，嘻笑地在操場的沙地上翻滾玩耍。

△依娜遠遠走來，遞給達哈一個東西。

依　娜：你看看。

達　哈：怎麼了？

△達哈放下手上的砍草刀，接過一看，是一封從日本寄來的信。信以十行箋紙書寫，
　字跡工整。

井上母： （OS）初秋清涼。每年此時，我總想起井上。他說這是台灣後山米熟飄香、最美麗的季節。他原本希望安心作個老師，可惜沒有如願，不過我一直感念你們的情誼。我有一心願。井上身後，總督府撥款撫恤，我久想轉贈你們。這些年雖想親自拜訪，但大戰阻隔轉眼至今。我只一人，日用簡省，此款於我無用。井上以前曾想繼續讀書，可是缺錢。這筆錢不多，但總能資助你們學生，避免相同遺憾。井上是教師，又受你們照顧，一定會高興我這樣做，這也是我能為他作的最後一事。同鄉松本君，因公赴台，我已托請此事，萬望勿辭。

△達哈邊看，邊走到廊前坐了下來，又細細讀過幾次，明白了意思。

達　哈：這個錢不能收。

依　娜：以前我給她寫過幾次信，都是年節問候。幸好她身體一直安好。不過，已經好久沒有通信了。

達　哈：（放下信）現在怎麼辦？

依　娜：只能等那位松本先生來，再看如何處理。

達　哈：也好。我們好幾年沒看見日本人了吧？

依　娜：戰敗之後，都回去了。

達　哈：以前看日本人就恨，抓到機會就要鬥。現在不用鬥了，反而閒，甚至還要擔心，不知道下一個敵人什麼時候要來？沒有日本人，氣力好像也用完了。這幾十年來來去去的人不少，現在想想，就只有井上一個算朋友。如果他還住這裡，就會繼續教小孩。他教他的，我教我的，閒來就上山打打獵。

△一個帶頭砍草的少年，指揮著把刈下的雜草疊好，又把飛散的草葉屑末掃齊，抱到操場前的櫻花樹下堆著作肥。那少年看已清理妥當，便跟達哈揮了揮手。少年與孩童們呼朋引伴，不一會兒就全走光了。

△達哈看著少年們的背影。

達　哈：你看這些孩子能讀書嗎？

依　娜：我也不知道。以前井上總說，我們是長在山的民族，體能好、
　　　　善良、唱歌又好聽，很有山的靈性，這些都比日本小孩強。讀
　　　　起書也很聰明，他很喜歡教我們的孩子。

達　哈：他真的這樣說嗎？（頓了頓）大戰這幾年，學校都停了，沒有老
　　　　師。現在新政府應該也會派老師到學校來吧。

△達哈摸著椅子上一些被孩童淘氣刻下的刀痕，忽然笑起來。

達　哈：這不知道是不是我們刻的？

依　娜：（笑）以前為了刻桌子刻椅子，不知道挨了多少打？

△天邊的雲朵層層疊疊。夕陽的光輝，猶如張開的雉鳥尾羽，從青天之上向地平線收
　合。依娜拉著達哈站起來，把椅子移到還有太陽照到的地方，坐下來曬著斜斜的金
　色餘暉。

△達哈不禁落入沉思，轉入回憶的畫面：「學生在教室裡安靜的寫字」「井上拿給他看
　一些研究書籍，他翻了翻，雖然有趣卻不願意看。」「井上說：以前是敗給日本，
　以後是敗給自己。」

△落日引著光芒，像一位優雅的母親懷著孩兒正沉息睡去，飄染著祥和的氣氛。這讓
　依娜聯想起幼年那段無憂無慮的時光，還有許多生命中無可抹消的喜悅。她被這樣
　的景色感動了。對年年歲歲累積起的人生，她心中油然昇起一種莊嚴的敬意。她把
　達哈的手柔柔握在手心裡，珍惜著、感謝著。

達　哈：（瞥見依娜的微笑）你笑什麼？

依　娜：笑我們都變老了。

達　哈：這有什麼好笑？

依　娜：（扶著椅面的邊緣）小時候覺得很大的椅子，現在都坐不下了。

達　哈：人一年一年大，總是要老的，這沒什麼好想。該擔心的是年紀
　　　　愈大，族裡這些事卻愈來愈複雜，該怎麼樣替以後的人打算呢？
　　　　井上以前說這裡一定會變。那時候不信，現在來看他對了、全
　　　　變了，想不理會平地人都不行。吃的，從小米變成水稻。穿的，

從麻布變成棉衣。水田變多了，鋤頭耕犁變多了，腳踏車汽車也變多了。

△眼前的雲，自在的由白轉橙、變紅。澄黃、淡紫的色層漸上天際。

達　哈：唯一變少的，就是年輕人。（嘆）沒有錯，日本沒有改變我們，是我們改變了自己。

依　娜：（望了他許久才說）你打算怎麼辦？

達　哈：我們以前在漢人的線外，後來進了日本的線內。不管線外還是線內，族都是一個族。現在隘勇線沒了，反而有條看不見的線，而且一族成了兩族：老人困在裡面，年輕人困在外面。（搖頭）這不行，我們要闖出這條線。

依　娜：山裡的事我們熟，可是部落外的事，我們不熟。

達　哈：我就是這個不服氣。人都是兩隻手兩隻腳出生，吃奶一樣、學走路一樣、學講話一樣，怎麼長大了就不一樣？一歲一樣，十歲一樣，怎麼二十歲我們就比人差，就得替人工作？

依　娜：（笑）你又想和人比了？

達　哈：我是想比。這幾天我想了很久。妳說的對，漢人的槍我們拿到山裡來用，用的比他們好。那其他的為什麼不能也拿來用？我想把弟兄找來商量，想去見見南北各社的頭目，看看大家怎麼想。今年祭典，我也要讓出去的族人都說一說，看看平地是怎麼一回事。為什麼我們只能替人作，不能自己作？

依　娜：是該自己試試。

達　哈：以前敢和日本人鬥，現在為什麼不和漢人爭？我們不應該全輸給漢人。天底下的事情那麼多，憑什麼他們樣樣都贏，樣樣都佔先？總有一個我們可以站得住的地方。或許真得靠讀書，弄清楚外面那些事。漢人懂的，我們也要懂。漢人不懂的，我們更要懂。我們就把學校當作新的少年集會所，就把讀書變成慣習，從我們這一代往下傳如何？

依　娜：這是你的決定嗎？

△達哈點頭，把井上母親的信交給依娜。

達　哈：時間不多了。我這個頭目，得帶頭為族裡好好作一件對的事。（停頓，悠悠看著遠方）如果井上還在就好了……。

△困擾達哈許久的事，像一隻竄過他眼前的山羌，一股要跟上去的挑戰意志在達哈體內燃起。部落前途的對手，此後已不在山中。麻煩，既已無可避免，不如迎戰。自己的悲哀，只有靠自己來解決，他絕不認命絕不放棄。他天生那種桀傲不馴服的強悍韌性，在內心逐漸加勁地渦旋起來，翻騰地要尋找出口。徬徨令他消沉，而闖蕩、競爭卻令他激奮。
△鏡頭停在達哈衝起鬥志的眼神中。
△一旁的依娜，同樣入神地望著前方迤邐的山野，眼神柔和。

【第一百零八場】
景：山林景色　時：日　人：無

△一隻鷹出現在操場上方的天空。
△乳白的胸腹，羽緣突出，翼下落著黑褐色的橫斑。它雙翼寬展，盤旋地愈來愈高，逐漸變成一個點，消失在西邊遙遠的高山上。
△依娜闔上眼睛，想像自己是翱翔的鷹，俯瞰著這土地。
△（鳥瞰下的台灣高山全景）高山一座接著一座，看不到邊。山之西，陷落著鐵灰色的絕壁。山之東，箭竹覆蓋了整片荒原。聲音都消失了。一條銀色的水帶，蜿蜒的連入滄海。大地雲影，海角天涯的散落。
△鷹，沒入白濛濛的水霧，彷彿也穿過無數過眼的晝夜寒暑。

【第一百零九場】
景：雜貨店的客廳　時：民國 77 年夜　人：依娜、領隊、大學生

△鏡頭回到現實。

△面容漸漸清晰，是達哈，年老的、不動的。一張身旁十幾個兒孫的全家福照片，掛
　在客廳的牆上。

△依娜還闔著眼睛。

△學生圍著她娓娓講完這段往事。

學生甲：那位測量隊的井上先生，真的就這樣失蹤？

△依娜點頭。

領　隊：（指著牆上達哈的相片）這位就是……。

依　娜：是，老頭目達哈，這裡的老鄉長，去世前不久拍的。

學生甲：他看起來一點都不像八十歲的人哪。

依　娜：他七十多歲的時候，聽到年輕人喝酒鬧事，還氣得抓著枴杖追
　　　　出去打，誰都攔不住。但是，大家都說他是最有辦法的頭目。
　　　　靠著他，族裡族外的年輕人，現在很多都是生態、漁產的學者，
　　　　還有音樂、運動的專家。也有不少人出去唸完書，聽了他的勸
　　　　回鄉教書。

領　隊：難怪有這麼多獎牌。

△牆腳的玻璃櫃內，有許多獎盃、銀盤、祝頌的牌座，上面鑴了「啓我族鄉」「山海
　同光」銘語。

依　娜：（笑）現在的族人，比我們以前還有自信。

領　隊：（將地圖遞還依娜）有了這張地圖的參考，我們一定會找到古道的。

依　娜：（點頭）一定的。

△依娜看著年輕孩子眼中那種熱烈的光采，覺得是人間最美的東西。

依　娜：你們為什麼要找這條路？

領　隊：以前人走的路，後人就應該要知道啊。

依　娜：以前人哪……（笑）啊，是啊，以前人，真的是以前人了……。

領　隊：我們明天一早就走。

依　娜：好，好，你們一路要小心。

△依娜招呼了學生在前院住下，緩步走進屋內，不禁又走到照片前，瞇著眼細細端詳。

△依娜凝視著達哈，看著他照片上皺紋滿面的笑容，回憶兒時他抓蛇嚇人的模樣。

△依娜坐下，看著地圖，順著井上畫的線摸著。

△（原住民口簧琴音樂聲微微開始）

△螢幕情景：祭典、依娜井上談話、所長作戰軍旗傾倒的畫面。

依　娜：（OS）那一年就這樣過了，已經這麼久了，可是我沒忘，我還聞得到那個秋天濃濃的酒香。井上，你就這樣消失了，大家找了幾年都沒找到。我有時覺得，你也許只是在哪裡做研究忘了回來。也許，你真的是一條不肯游回家鄉的魚。還是，你把這裡當作你的家鄉？石崎所長，大戰時帶了一批花蓮的高砂義勇軍，死在菲律賓。聽說是戰到一兵一卒，切腹死的。校長的兒子後來也死在瀋陽。校長因為夫人傷心過度，兩人一同回日本去了，再無消息。公學校變成了國小，以前的標本室現在還保留著。這些年，同輩的族人都老死了。祭典上全是觀光客，再沒有當年巡查在旁邊戒備的緊張氣氛。幾十年的往事，現在想起來，倒比昨天還近還清楚。你當年寫的手稿，我也一篇篇整理出來送到總督府，讓他們出版。過了許多年，還有漢人學者拿著這些書來問。而我每次，總要想起你當時的樣子。

△螢幕情景：北海道花海、操場前的山櫻與蝴蝶。

依　娜：（OS）家裡的小兒子就取名井上，這是達哈的意思。他同意了你的看法，而且愈老愈羨慕你，說你永遠都不會老。他常說，交你這個朋友真是值得，要帶老米酒到天上與你再作朋友。我們後來去了一次北海道旅遊，看到你出生的地方，那花海真是美麗。我終於知道你為什麼這樣喜歡自然。我織的那些布，你喜歡的那些，常常得到編織工藝獎，雖然我一直聽不懂什麼是藝

術。那只口琴，你母親把它送給我。她說她知道你愛我，因為你每一封家書都提到我。以前你教的學生，現在還會開同學會，每年都回到學校來烤魚，懷念你是最好的老師。操場前面那些山櫻，現在已經很高了。每年冬天剛過，就會開始整片的開。雪白、粉紅、淡紫，滿滿地壓低了樹枝。溪邊數不清的蝴蝶，都會上來繞著這片櫻花飛。族人都說，這片山櫻的花期特別長，第一個開，最後一個謝，好像捨不得落去，我總覺得那些花是你，是你回來陪我們。井上，如果再有一次，我會抱緊你，不讓你走。我愈老，想得愈明白。你和達哈一樣，都是我這輩子最在乎的人。

【第一百一十場】

景：雜貨店的院子　時：夜　人：依娜、領隊、大學生

△（原住民口簧琴音樂聲加強）
△學生興沖沖的在院子裡搭起帳棚，炊煮晚餐。從他們身上，依娜似乎又回到記憶之流，看見了當年執著調查而意興風發的井上。他們爽朗的笑聲，也像年輕時在山谷裡長嘯的達哈。
△滿天星斗，襯著這個安靜的村落。
△路燈的光，在流動的空氣中微微顫動著，寥寥伏成一排。
△夜的藍，把岡巒的稜脈褪成天幕下的幾道暗影。暗影在山谷中前前後後的凝止，像黑色海洋中的浪頭。
△天空非常的高。由天空俯望大地，只似一層浮著草露的薄薄亮膜。

【第一百一十一場】

景：雜貨店的院子　時：晨曦　人：依娜、領隊、大學生

△次日，學生一行人慢慢隱入林道深處，依娜還站在門邊望著。

△ 照眼的晨曦，比依娜的白髮還亮。而她的眼神，溫柔地停在中央山脈那淡藍的稜線上。

△ 日出，火紅紅的朝陽。

△ 字幕：活在人間的是壽命，活在人心的是不朽。

△ 字幕：紀念所有頂天立地的靈魂，

△ 字幕：在那動盪的年代中。

△ 字幕：參與電影名單。

△ （原住民口簧琴音樂聲止）

SHOW 劇本 04　PH0083

後山地圖

作　　者 / 何英傑
責任編輯 / 黃姣潔
圖文排版 / 黃莉珊
封面設計 / 陳佩蓉

發 行 人 / 宋政坤
法律顧問 / 毛國樑　律師
印製出版 / 秀威資訊科技股份有限公司
　　　　　114 台北市內湖區瑞光路 76 巷 65 號 1 樓
　　　　　電話：+886-2-2796-3638　傳真：+886-2-2796-1377
　　　　　http://www.showwe.com.tw
劃撥帳號 / 19563868　戶名：秀威資訊科技股份有限公司
　　　　　讀者服務信箱：service@showwe.com.tw
展售門市 / 國家書店（松江門市）
　　　　　104 台北市中山區松江路 209 號 1 樓
　　　　　電話：+886-2-2518-0207　傳真：+886-2-2518-0778
網路訂購 / 秀威網路書店：http://www.bodbooks.com.tw
　　　　　國家網路書店：http://www.govbooks.com.tw
圖書經銷 / 紅螞蟻圖書有限公司
　　　　　114 台北市內湖區舊宗路二段 121 巷 28、32 號 4 樓
　　　　　電話：+886-2-2795-3656　傳真：+886-2-2795-4100

2012 年 7 月 BOD 一版
定價：220 元
版權所有　翻印必究
本書如有缺頁、破損或裝訂錯誤，請寄回更換

國家圖書館出版品預行編目

後山地圖 / 何英傑著. -- 一版. 臺北市：秀威資訊科
技, 2012. 07
　　面 ；　公分. -- (SHOW 劇本 ; PH0083)
BOD 版
ISBN 978-986-221-982-9(平裝)

854.9　　　　　　　　　　　　101013034

讀者回函卡

感謝您購買本書,為提升服務品質,請填妥以下資料,將讀者回函卡直接寄回或傳真本公司,收到您的寶貴意見後,我們會收藏記錄及檢討,謝謝!如您需要了解本公司最新出版書目、購書優惠或企劃活動,歡迎您上網查詢或下載相關資料:http:// www.showwe.com.tw

您購買的書名:＿＿＿＿＿＿＿＿＿＿＿＿＿＿＿＿＿＿＿＿＿＿

出生日期:＿＿＿＿＿年＿＿＿＿＿月＿＿＿＿＿日

學歷:□高中 (含) 以下　　□大專　　□研究所 (含) 以上

職業:□製造業　□金融業　□資訊業　□軍警　□傳播業　□自由業
　　　□服務業　□公務員　□教職　　□學生　□家管　　□其它＿＿＿＿

購書地點:□網路書店　□實體書店　□書展　□郵購　□贈閱　□其他

您從何得知本書的消息?

　□網路書店　□實體書店　□網路搜尋　□電子報　□書訊　□雜誌
　□傳播媒體　□親友推薦　□網站推薦　□部落格　□其他＿＿＿＿＿＿

您對本書的評價:(請填代號　1.非常滿意　2.滿意　3.尚可　4.再改進)

　封面設計＿＿＿　版面編排＿＿＿　內容＿＿＿　文／譯筆＿＿＿　價格＿＿＿

讀完書後您覺得:

　□很有收穫　□有收穫　□收穫不多　□沒收穫

對我們的建議:＿＿＿＿＿＿＿＿＿＿＿＿＿＿＿＿＿＿＿＿＿＿＿＿

＿＿＿＿＿＿＿＿＿＿＿＿＿＿＿＿＿＿＿＿＿＿＿＿＿＿＿＿＿＿＿

＿＿＿＿＿＿＿＿＿＿＿＿＿＿＿＿＿＿＿＿＿＿＿＿＿＿＿＿＿＿＿

＿＿＿＿＿＿＿＿＿＿＿＿＿＿＿＿＿＿＿＿＿＿＿＿＿＿＿＿＿＿＿

11466
台北市內湖區瑞光路 76 巷 65 號 1 樓

秀威資訊科技股份有限公司　　收

BOD 數位出版事業部

....

（請沿線對折寄回，謝謝！）

姓　　名：＿＿＿＿＿＿＿＿＿＿　年齡：＿＿＿＿　性別：□女　□男

郵遞區號：□□□□□

地　　址：＿＿＿＿＿＿＿＿＿＿＿＿＿＿＿＿＿＿＿＿＿＿＿＿＿

聯絡電話：(日) ＿＿＿＿＿＿＿＿＿＿＿＿　(夜) ＿＿＿＿＿＿＿＿＿＿＿＿

E-mail：＿＿＿＿＿＿＿＿＿＿＿＿＿＿＿＿＿＿＿＿＿＿＿＿＿＿